Das Mädchen mit den neun Zehen
Ray Wilkins

Wir leben in einer Welt, wo die menschliche Evolution in den letzten Jahrzehnten gigantische Entwicklungssprünge gemacht hat. Computer, Internet, Videospiele, iPods und andere Unterhaltungsmedien und Informationsträger sind zum festen Bestandteil unseres beruflichen und privaten Lebens geworden. Alltagsstress und Informationsfluss haben extreme Ausmaße angenommen und es ist beinahe unmöglich geworden, sie in unsere Gedankenwelt zu integrieren. Die Medien bombardieren uns mit schockierenden Nachrichten, Meinungen und Bildern, die unser inneres Gleichgewicht empfindlich stören. Das Schulsystem bricht zusammen und Schulen sind zu Festungen geworden, die versuchen, unsere Kinder vor Aggression, Wut, Verletzungen und sogar dem Tod zu schützen. Viele Menschen haben vergessen, wie es sich anfühlt, im frisch gemähten Gras in der Sonne zu liegen und dem Gesang der Vögel und anderen wohltuenden Klängen des Lebens zu lauschen. Wir haben den Kontakt zu uns selbst, unseren Gefühlen und unserem wahren Wesen verloren. Diese Geschichte erzählt davon, wie Menschen den Weg zurück in ein Bewusstsein finden, wo sie sich wieder ganz fühlen können. Es ist eine Geschichte darüber, aufzuwachen und den Mut zu finden, das Leben im Herzen zu betrachten und anzunehmen. Haben wir nicht alle schon einmal an die Vergangenheit zurück gedacht, und geseufzt: „Wenn ich das nur anders gemacht hätte!"? Wir tun das mit einem Gefühl des Bedauerns, manchmal voller Traurigkeit und manchmal empfinden wir sogar Hoffnungslosigkeit.

Dies ist die Geschichte über einen Mann, der beschlossen hat, sein Leben zu ändern. Diese Entscheidung ist für niemanden leicht, vor allem wenn das bedeutet, gegen den Strom zu schwimmen. Aber wie heißt es doch so schön? *Nur tote Fische schwimmen mit dem Strom.* Ich hoffe, dass Sie als Leser viel Vergnügen bei der Lektüre dieses Buchs haben werden und dass auch Sie sich berufen fühlen, etwas zu verändern, weil ich glaube, dass jeder Mensch die Macht besitzt, in seinem Leben etwas positiv zu verändern. Fragen Sie sich doch einfach: Was wird sich in der Zukunft verändern, wenn ich jetzt mein Leben anders gestalte?

Ray Wilkins FRSA Belgien 2007

Das Mädchen mit den neun Zehen
Eine Geschichte über persönliches Wachstum

RAY WILKINS

BAREFOOT BOOKS

Das Mädchen mit den neun Zehen
Eine Geschichte über persönliches Wachstum

Ray Wilkins

Übersetzung aus dem Englischen
von
Sandra Meder

Das Mädchen mit den neun Zehen
Copyright © 2007 by Raymond Richard Wilkins

Der Inhalt dieses Buchs ist frei erfunden und beruht nicht auf wahren Begebenheiten und Tatsachen. Die Verwendung von Namen, Persönlichkeiten und Vorkommnissen ist rein fiktiv, daher sind alle Ähnlichkeiten mit Ereignissen und lebenden oder toten Personen zufällig und nicht beabsichtigt.

Alle Rechte vorbehalten, inklusive dem Recht der Vervielfältigung von Teilen oder dem gesamten Werk in jeglicher Form.

Herstellung und Herausgeber: Books on Demand GmbH
Norderstedt

Grafikdesign: Christopher Arimont und Cordula Ehms

Coverbild: "Wild" von Ray Wilkins

ISBN 13:9783833493669

The Barefoot School: College for Coaching, Training, Art and Complementary Medicine BCMA.
Alte Schule Weisten, Belgien-4791 Burg Reuland
www.TheBarefootSchool.com

BAREFOOT BOOKS

Für Cordula
Und das Mädchen mit den neun Zehen

Vorwort

Es ist wohl eines der größten Paradoxe in unserer heutigen modernen Zeit. Wahlmöglichkeiten und persönliche Freiheiten sind im Überfluss vorhanden, zumindest für die wohlhabende Minderheit einer betuchten Oberschicht in einer zunehmend geteilten Welt, in der die Schere zwischen Arm und Reich immer weiter auseinanderklafft. Billigflüge, nahezu unbegrenzte Reisemöglichkeiten in ferne Länder, mehrere Urlaube pro Jahr, unvorstellbare Zugangsmöglichkeiten zu Informationsressourcen und Kommunikationswegen durch das Internet. Freiheit, Fluchtmöglichkeiten und Fantasien an jeder Ecke, an jeder Biegung. Hochglanzmagazine, Film und Fernsehen wecken in uns den Drang nach dem Gelobten Land von Luxus, Lifestyle und Maßlosigkeit. Übers Wochenende nach Dubai?-Jederzeit!

Aber all das hat einen Preis. Die Vision von grenzenloser Freiheit wird von Besitzdenken, Konsum und materiellem Wohlstand angetrieben. Sie wird von Mode, Marken und Konformität genährt. Die Kosten – Umweltverschmutzung und das Verschwinden der Natur und natürlicher Lebensräume – sind das Problem von jemand anderem, aber nicht von mir. So etwas nennt man Fortschritt. Aber unter der Oberfläche verbergen sich die Angst und der Stresspegel, mit der modernen Zeit und ihrer Geschwindigkeit nicht Schritt halten zu können. Entscheidungen werden überstürzt getroffen, alles, was zählt, ist Schnelligkeit. Die Arbeit ist hart, und die Arbeitszeiten sind lang, aber es lohnt sich materiell. Der Lohn ist der Zugang zur Überholspur des modernen Lebens. Aber zu welchem Preis?

Das Mädchen mit den neun Zehen – eine Geschichte über persönliches Wachstum ist eine Parabel unserer modernen Zeit. Die Stimme einer alten Welt, die zu unserer neuen Welt spricht. Es ist eine Stimme, die uns auffordert, in unser Innerstes zu schauen. Vergessen Sie das Blendwerk, die grellen Lichter und die Oberflächlichkeit des modernen Lebens. Vergessen Sie sogar die Ängste, den Stress, das Scheitern von Ehen, den Zusammenbruch von Kommunikation und die zunehmende Gefühlskälte zwischen Frauen und Männern, Eltern und Kindern. Treten Sie von all dem einen Schritt zurück und stellen Sie sich ganz andere Fragen: Wer bin ich? Wohin gehe ich? Wohin will ich eigentlich gehen? Wie komme ich an mein Ziel? Wer kann mir auf dieser Reise helfen? Und wem kann ich auf meinem Weg helfen?

Wie alle Parabeln, ob aus den Evangelien des Christentums oder den anderen großen Weltreligionen, ist diese Botschaft zeitlos. Die Form dieser Erzählung ist mit Bedacht gewählt. Eine Parabel sagt ihrem Leser nicht, **was** er denken soll, sondern versucht, an seine Vorstellungskraft zu rühren und anzuregen, **wie** er denkt. **Das Mädchen mit den neun Zehen** ist eine Erzählung aus einer noch viel älteren Welt – sie entspringt der Tradition der Aborigines, der eingeborenen Völkerstämme, nicht nur in Australien, wie in dieser Erzählung hier, sondern den *Ersten Nationen* überall. Diese Lehrer erzählen uns etwas über unser Überleben – aber auch ganz entscheidend über ihr eigenes Überleben. Hören Sie gut zu und Sie werden verstehen. Begreifen Sie und Sie werden handeln.

Tony Long

(Direktor des Europabüros des WWF)

Unten am Murrumbidgee-Fluss,
Zwischen Trauerweiden und Eukalyptus
Da lebt das Mädchen mit neun Zehen
Allein und ist wild anzusehen
Wallabies sind ihre Begleiter

Der Wind fährt wild durch ihre MähneGeister, Bunyips, Krokodilzähne
Sie kennt die alten Weisen,
Geht mit dem Goanna-Mann auf Traumreisen
Schau ihr tief in die Augen und
Sie blickt auf deinen Seelengrund
Und noch viel weiter

Träume, Dinge wie ein offenes Buch
Das Mädchen mit neun Zehen
Sie kann alles sehen
Leg' Deine Waffen nieder
Geh und such
Den Frieden
Mit deinen bloßen Füßen
Lauf zur Sonne, sie begrüßen
Sieh' auf der Bühne dieser Welt
Die Spieler an, auch wenn's dir nicht gefällt
Von Hass und Eifersucht zerfressen
Haben sie die Traumpfade vergessen?
Und dass die Liebe ihre Opfer nur findet
In einer friedlichen Welt
Wo man den Krieg überwindet
Unten am Murrumbidgee-Fluss
Zwischen Trauerweiden und Eukalyptus
Da lebt das Mädchen mit neun Zehen
Willst du um ihre Hilfe flehen
Ist ein bitteres Lächeln Deine Antwort

Wie viele Zehen hat ein Engelschor?
Bist du auf der Suche nach diesem Wesen
Unten, im Krieg, im Blutvergießen
Oder kannst du den zehnten Zeh finden,
Ganz tief in deinem Inneren?
Er ist die Antwort, in dieser Welt zu bestehen
Um deine eigene Kraft zu sehen
Diese Erde zu lieben und dich selbst
Geh's an
Dein Leben, meine ich
Mit all deinen zehn Zehen
Ganz tief in deinem Inneren,
Dort unten, wo es wirklich zählt,
Wo dein Herz schlägt
Wild und frei
Kannst du dein Leben lieben, spüren, sehen,
Kannst du mit allen deinen Zehen
In deinem Leben weitergehen

1. Kapitel

Der rhythmische Klang seiner Laufschuhe erzeugte ein gedämpftes Geräusch auf dem Waldboden. Die Sonne schien durch die Eukalyptusbäume und sandte Lichterschatten, die ihre seltsamen Spiele auf dem schmalen Pfad trieben, den er entlangjoggte. Sein Herz schlug schnell in der Brust und sein Atem ging allmählich langsamer, als er in den gewohnten Laufrhythmus verfiel. Irgendwo hinter sich vernahm er seine zwei Bodyguards, ihr Ächzen und Fluchen, als sie versuchten, mit ihm Schritt zu halten. Als er zwischen den Bäumen hindurchlief und das flüchtige Gefühl der Freiheit genoss, schweiften seine Gedanken zurück zu den Ereignissen des heutigen Tages.

Um sieben Uhr schrillte der Wecker, und hörte nicht eher auf, bis es mir schließlich gelang, hinüberzurollen und den Alarm auszuschalten. Mein Schädel brummte, wahrscheinlich vom Bier, das ich letzte Nacht auf der Grillfeier im Lions-Club getrunken hatte. Eine dunkle Wolke hing über meinen Gedanken, wie so oft in letzter Zeit, genau genommen seit Marys Tod vor zwei Jahren. Sofort schossen mir die Tränen in die Augen und ich schluckte sie rasch mit einem Glas Wasser und drei Aspirin runter. Am Frühstückstisch studierte ich die „Canberra Times". In einem Bericht über mich stand, was für ein Schwächling ich doch sei, der am Rockzipfel seiner amerikanischen Freunde hinge. Im Wesentlichen wurde die Öffentlichkeit davon in Kenntnis gesetzt, dass ich unser Land in den Ruin trieb und wenn nicht bald etwas passierte, würde Australien das nächste Dritte-Welt-Land werden. Die Arbeitslosenquote stieg so rasant an, wie meine Beliebtheit abnahm. Sogar meine Haushälterin warf mir jedes Mal, wenn sie den Tisch abräumte, vorwurfsvolle Blicke zu, ihre Augen waren vor Enttäuschung ganz trübe.

In der Einfahrt ertönte die Hupe. Es war Zeit, die Arbeit rief. Ich wollte nur zurück ins Bett. Auf dem Weg ins Parlament nickte ich kurz auf dem Rücksitz ein, aber als wir vor dem Hintereingang hielten, war ich bereit, den Tag mit offenen Augen in Angriff zu nehmen. Ich marschierte in mein Büro, und ging den Tagesablauf durch, all die Termine und Meetings, seitenweise Information, die ich durchlesen musste. Plötzlich wurde mir schwindelig und ich verlor die Orientierung. Ich ließ mich in meinen Sessel fallen, nahm einige tiefe Atemzüge und legte die Füße auf den Schreibtisch. Bald schon fühlte ich mich besser und ging zum Tagesgeschäft über.

Irgendwie erschien mir jeder, mit dem ich sprach, nichtssagend, oder ich hatte das Gefühl, dass er nicht ehrlich zu mir war. Ich ertappte mich dabei, wie ich an den richtigen Stellen „Ja", „Nein", und „Wie interessant!" sagte. Alles, was ich sah, erschien mir farblos, fast schon grau und die ganze Zeit über verspürte ich ein Gefühl von Leere in meinem Körper. Vielleicht sollte ich mal einen Termin mit Doktor Weber ausmachen, *bevor* mein jährlicher Check-up fällig war. Irgendwie taumelte ich durch den Tag ohne schwerwiegende Fehler zu machen.

Hier unten am Murrumbidgee-Fluss versuche ich, ein wenig Bewegung zu bekommen, frische Luft zu schnappen und einen Weg zurück in ein Leben zu finden, wo ich mich bei dem, was ich tue, wieder gut fühle.

Ich lief weiter und lauschte dem Rauschen des Flusses und meinem Atem. Plötzlich verlor ich das Gleichgewicht und stürzte zu Boden. Ich spürte, wie die Erde unter meinen Füßen nachgab und ich die Böschung hinabrutschte, geradewegs auf den Fluss zu. Mein Kopf schlug gegen einen Stein, dann wurde mir schwarz vor Augen. Um mich herum herrschte völlige Stille.

„John, wach auf! Die Zeit für eine Veränderung ist angebrochen, mach die Augen auf!"
Als ich das tat, blickte in die tiefgründigsten und dunkelsten Augen, die ich jemals in meinem Leben gesehen hatte. Sie gehörten zu einem uralten, dunkelhäutigen Mann. Sein Gesicht war voller Falten und Narben. Er stand nackt vor mir im Licht der Sonne, einen Speer in seiner rechten Hand und von seiner Schulter hing eine *Woomera*, eine Speerschleuder. Er bot mir seinen Arm an. Mit Hilfe des fremden Mannes kam ich leicht zittrig wieder auf die Füße.

„Wer zum Teufel bist du und was tust du hier? Was ist passiert? Ich habe schreckliche Kopfschmerzen. Meine Männer suchen mich wahrscheinlich schon and sind ziemlich beunruhigt. Falls du mich also kidnappen willst, mach' es besser jetzt gleich!"

Der Fremde sah mir noch tiefer in die Augen, machte mit seiner rechten Hand langsam ein Zeichen vor meinem Gesicht und flüsterte mit sanfter, beschwörender Stimme:
„Möge dein Schmerz zu Rauch werden und deine Sorgen zu Nebel, der bei Dämmerung über dem Fluss

emporsteigt."

„Nanu, was war denn das? Die Kopfschmerzen sind wie weggeblasen und zum ersten Mal seit Monaten fühle ich mich leichter als ein 12-Tonnen-Laster!"

Der fremde Mann antwortete nicht, wandte sich einem Teebaumstrauch zu und bedeutete mir wortlos, ihm zu folgen. Ein gewundener Pfad schlängelte sich zum Fluss hinunter, es wurde merklich kühler. Ein leichter Hauch von Akazien lag in der Luft. Ich wusste nicht, wohin ich ging, aber zugleich empfand ich alles wie ein *Déjà-vu*, als wüsste ich bereits, was passieren würde. Bald schon gelangten wir ans Flussufer. Auf einem großen Felsen saß ein kleines Aborigine-Mädchen, das leise vor sich hin sang und ihre Hand durch den trägen Strom des Wassers gleiten ließ. Der alte Mann sah mich prüfend an und sprach:

„Das ist das Mädchen mit den neun Zehen, sie wird dein Leben für immer verändern." Mit diesen Worten verschwand er. Ich wusste nicht, wie mir geschah und wie in Trance ging ich auf den Felsen zu und ließ mich gegenüber dem Mädchen mit den neun Zehen nieder.

„Willkommen in meinem Zuhause, *Turawwa* – willst du leben oder willst du sterben?"

Ich betrachtete sie. In ihrem Gesicht sah ich Weisheit und Reinheit und zugleich die Unschuld eines kleinen Kindes, der Anflug eines Lächelns lag auf ihren Lippen. Ich stotterte: „Leben, natürlich!"

„Gut, *Turawwa*, wenn du wirklich LEBEN willst, dann musst du in deinem Leben viele Dinge verändern, vor allem deine Gedanken und deine Glaubenssätze. Denn es sind deine Gedanken, mit denen du dir deine Wirklichkeit erschaffst, ganz gleich, ob sie gut oder schlecht ist." Ihre Stimme klang wie ein Singsang in meinen Ohren und ihre Lippen bewegten sich nicht. Ihr Kopf wiegte sich hin und her und ihre gelben

Augen strahlten. Obwohl ich nicht die leiseste Ahnung hatte, was da gerade vor sich ging, konnte ich mich an die Geschichten erinnern, welche sich die Aborigines von einem Mädchen mit neun Zehen erzählten. Geschichten, denen ich niemals wirklich Glauben geschenkt hatte. Ich hörte und sah und spürte, was das Mädchen mit neun Zehen mir sagen wollte.

„Du bist *Turawwa*, das bedeutet: *Der mit dem Herzen führt*. Vor langer Zeit bist du ausersehen worden, um unser Land in eine Zukunft zu führen, wo alle Menschen ungeachtet ihrer Hautfarbe oder ihres Glaubens in Frieden und Wohlstand leben können. Das ist die Herausforderung, die auf dich wartet. Der Weg wird lange und beschwerlich sein. Aber zuerst musst du die Entscheidung treffen, ob du bereit bist, alles zu geben, was du hast, ja sogar dein Herz, um diesen Weg zu gehen. Schließe deine Augen und gehe in dich. Frage deinen innersten Wesenskern, ob alle deine Wesensanteile, im Innen wie im Außen, im Bewusstsein wie im Unterbewusstsein, in der Vergangenheit, Gegenwart und Zukunft bereit sind, mit dir zu kämpfen und dir in diesem Transformationsprozess deines Lebens immer zur Seite stehen und dich mit allem, was sie haben, unterstützen werden, JA oder NEIN?"

Ich schloss die Augen und obwohl mir ihre Anweisungen seltsam vorkamen, fragte ich alle meine Wesensanteile, ob sie bereit dazu waren, mich zu unterstützen, in dem, was mit mir geschehen sollte, obwohl ich keinerlei Vorstellung davon hatte, was es war. Alles, was ich fühlte, waren viele mächtige JAs und ein Kribbeln in meinem Bauch. Ich öffnete die Augen, und rief mit lauter Stimme: „JA!"

Sie sagte: „Es gibt nur eine einzige Wahrheit, und das ist die Wahrheit, an die du selbst glaubst. Deine erste Herausforderung wird sein, dass du lernst, deiner inneren

Stimme zu vertrauen, deiner Intuition. Sie ist der Lehrer in deinem Inneren. Das mag schwierig sein, denn da draußen sind Menschen, die nicht an das glauben, was du zu sagen hast oder deine Entscheidungen anzweifeln. Sie werden versuchen, dich zu manipulieren oder dich zu Kompromissen zu zwingen, sie werden sogar versuchen, dich mit Drohungen oder falschen Versprechen unter Druck zu setzen. Aber was auch immer sie sagen werden, du musst zu deinen Entscheidungen stehen und für das, woran du glaubst, eintreten, was auch immer das für Folgen haben wird. Wenn du aufrecht stehst, wie der Eukalyptusbaum, dessen Wurzeln tief in den Erdboden des Vertrauens in deinem Inneren hineinreichen, wird der Wind der Veränderung für den Rest sorgen." Dann forderte sie mich auf, die Hand auf meinen Bauch zu legen, dort wo ich das Kribbeln spürte. „Das ist deine Mitte, hier liegen deine Kraft und deine Sicherheit. Immer, wenn du aus dem Gleichgewicht gerätst, oder dir bei einer Entscheidung unsicher bist, lege die Hand auf deinen Bauch und spüre die Wärme dort. Stell dir vor, dass du eine Verbindung zwischen deinem Verstand und deiner Mitte schaffst, und gestatte dir, den Rat, den dir deine innere Stimme gibt, anzunehmen. Alle deine Antworten sollten aus deiner Mitte kommen. Mit ein wenig Übung wird das zu deiner zweiten Natur werden."

Ich stand auf und war zu meiner Überraschung hellwach. Zum ersten Mal warf ich einen Blick auf ihre Füße und sah, dass sie wirklich nur neun Zehen hatte. Jemand rief meinen Namen. Ich blickte die Böschung hoch und sah Rick, einen meiner Bodyguards. Er winkte wie verrückt mit den Armen und schrie, dass ich schnell aus der Schlucht klettern sollte.

„Moment, ich möchte, dass ihr das Mädchen mit den neun Zehen kennenlernt ...", setzte ich an, aber als ich zum

Wasser hinschaute, war niemand auf dem großen Felsen zu sehen.

Ich kletterte nach oben, wo Rick und Joe schon auf mich warteten. Ich wollte ihnen berichten, wie ich die Böschung hinabgestürzt war und mir den Kopf anschlug. Sie blickten mich merkwürdig an und Rick sagte:

„Aber Chef, da ist kein Kratzer oder so zu sehen und Sie waren doch höchstens nur zwei Minuten weg. Alles in Ordnung?"

„Ich fühle mich so gut wie schon lange nicht mehr, Jungs. Lasst uns nach Hause fahren!"

Glaube an dich selbst – es lohnt sich

2. Kapitel

John öffnete die Haustür und rief Joan, seine Haushälterin in sein Büro. Sie ging langsam auf ihn zu und sagte mit ihrer gewohnten, unbeteiligten Stimme: „Ja, Sir, das Abendessen ist fast fertig ..."

John legte die rechte Hand auf seinen Bauch und nahm einen tiefen Atemzug: „Joan, warten Sie! Ich weiß nicht so recht, was mit Ihnen los ist, oder was Sie wirklich von mir denken, aber ich habe das Gefühl, dass Sie in den letzten zwei Jahren ganz schön sauer auf mich sind. Ich möchte, dass Sie mir sagen, was sie stört? Was habe ich getan, dass Sie so verärgert sind?"

Joans Kiefer klappte nach unten. Sie traute ihren Ohren nicht. Seit über zehn Jahren arbeitete sie für diese Familie und ihr Chef hatte mit ihr niemals mit soviel Offenheit und Ehrlichkeit gesprochen. Er hatte sogar 'sauer' gesagt. Alle Achtung! *Das war etwas ganz Neues, vielleicht könnte sich ja doch etwas verändern*, dachte sie und machte langsam ihren Mund wieder zu.

„Soll das heißen, dass ich Ihnen sagen kann, was ich

wirklich denke und fühle – auch wenn es Sie kränkt – und ich werde nicht gefeuert?" John sah ihr direkt in die Augen, presste die Hand noch ein wenig fester gegen seinen Bauch und sagte, wenn auch nicht so klar, wie er gerne gewollt hätte: „Ja. Meine Intuition sagt mir, dass Sie etwas an mir nicht mögen, und ich hätte gerne gewusst, was das ist."

„Ok, Sir, na gut. Seit ich Sie kenne, haben Sie niemals zu den Menschen gehört, die offen aussprechen, was sie denken. Deshalb sind Sie wahrscheinlich auch ein Politiker. Sie halten mit ihren Gefühlen hinterm Berg und versuchen die ganze Zeit über, so verdammt diplomatisch zu sein. Aber seit Marys, ich meine seit Mrs Macmilans Tod, haben Sie nicht das kleinste Anzeichen von Traurigkeit gezeigt. Sicher, bei der Beerdigung, hier und da mal eine wohl dosierte Träne zerdrückt oder ein angebrachtes Schnäuzen, wenn jemand ihren Namen erwähnt hat. Jeden Tag stehen Sie auf, duschen, frühstücken, gehen zur Arbeit ins Parlament, kommen nach Hause, schließen sich in Ihrem Büro mit Mr. Glenlivet ein und das war dann ihr ganzer verdammter Tag? Ich halte das nicht mehr aus! Ich kenne Sie, Sarah und Caroline jetzt seit über zehn Jahren. Sie reden nur noch mit mir, wenn Sie mir Anweisungen geben oder etwas wegen dem Haus wissen wollen. Wann haben Sie zum letzten Mal ihre Töchter in den Arm genommen und ihnen gesagt, dass Sie sie lieben? Wann haben Sie überhaupt mir oder ihren Töchtern gegenüber eine Gefühlsregung gezeigt? Manchmal glaube ich, unser Land wird nicht von einem Menschen, sondern von einem Roboter regiert!"

Ihre Stimme wurde lauter und ihre Wangen waren gerötet, sie war ein kleines, zierliches Persönchen, aber in diesem Moment kam sie John wie eine Riesin vor. Traurigkeit und Freude, ganz langsam krochen sie in seinen Körper, Gefühle, die er seit sehr langer Zeit nicht mehr gespürt hatte.

Langsam liefen ihm Tränen über die Wangen. Er wusste, dass diese einfache Frau schlichtweg die Wahrheit sprach. Er hatte seine Gefühle sorgfältig unter Verschluss gehalten, aus Angst, Schwäche zu zeigen und seiner Trauer Ausdruck zu verleihen.

„Sie haben Recht, Joan! Danke, dass Sie mir das alles gesagt haben. Und jetzt lassen Sie mich bitte für eine Weile allein. Ich muss das Ganze erst einmal verdauen, diesmal übrigens ohne Mr. Glenlivet."

Sie wandte sich zur Tür hin, und als sie sich umdrehte, konnte sie nicht umhin, zu lächeln. Ihr Chef schien sich endlich wieder wie ein richtiger Mensch zu verhalten. *Vielleicht gibt es ja doch noch Hoffnung für Australien.*

John saß mit hängendem Kopf da und die Tränen fielen auf seine Hose. *Ich fühle mich so verloren, so kalt, als ob in mir eine Tür verborgen ist, die ich noch nicht geöffnet habe, oder bei der ich Angst davor habe, sie zu öffnen. Ich habe immer geglaubt, dass ich mich davor schützen muss, verletzt zu werden, und dass ich das am Besten tue, indem ich mich völlig verschließe. Mary hat mir immer gesagt, dass ich mehr über meine Gefühle sprechen soll, sie war manchmal ziemlich frustriert, wenn sie vor verschlossener Tür stand und oft habe ich noch nicht einmal ihr Klopfen gehört. Sarah und Caroline haben sogar aufgehört, mit mir zu reden, klar, „Daddy, wie geht's Dir?", „Nimm dir doch noch Kartoffelbrei!" oder „Kann ich heute Abend das Auto haben?"*

Aber sie sprechen nie darüber, was wirklich in ihnen vorgeht, und ich habe das Gefühl, dass wir uns voneinander entfernen. Und dann habe ich heute wie durch ein Wunder dieses seltsame Mädchen unten am Fluss getroffen, das mir gesagt hat, wie ich mein Leben verändern kann. Ja, es ist schon komisch, aber mein Bauchgefühl sagt mir, dass etwas wirklich Bedeutendes passieren wird, etwas, das ich nicht begreifen oder in Worte fassen kann. Ich bin mir noch nicht einmal sicher, ob ich wirklich glaube, dass es sie überhaupt gibt.

Und trotzdem, als ich heute nach Hause kam, erschien mir alles anders, kräftiger, intensiver und als ich Joan heute sah, konnte ich die

Tür nicht einfach wieder zuschlagen. Beinahe so, als ob eine kleine dunkle Hand die Klinke festhält und die Tür aufstößt. Ich habe ja gar keine Wahl, oder?

Langsam trockneten seine Tränen und John öffnete die Tür seines Büros und ging in die Küche, wo das Abendessen stand. Auf dem Tisch lag eine rote Rose.

Ein offenes Herz kann die Welt verändern

3. Kapitel

aghaft bahnten sich Sonnenstrahlen ihren Weg durch die Jalousien, als John die Augen öffnete. Vor ihm lag ein neuer Tag. *Ich habe fast die ganze Nacht über vom Mädchen mit den neun Zehen geträumt.* Ein Blick zum Nachttisch verriet ihm, dass es erst halb sieben war. "Wow, ich bin sogar wach, bevor der Wecker klingelt. Heute ist ein guter Tag, ich kann es bis in die Zehenspitzen spüren!"

Ich saß alleine am Frühstückstisch, als Sarah und Caroline ins Esszimmer kamen. Sie setzten sich behutsam auf ihre Stühle und sahen mich vorsichtig an. „Morgen Dad, gut geschlafen?" riefen sie wie aus einem Munde.

„Klar, bis auf kleine dunkle Hände an Türgriffen und Mädchen mit neun Zehen habe ich großartig geschlafen." Sie sahen einander mit einem leichten Lächeln auf den Lippen an. Sie dachten wohl auch das Gleiche.

„Joan hat letzte Nacht vor dem Schlafengehen mit uns gesprochen", sagte Caroline, die Ältere von den beiden.

„Und worüber hat Joan Naseweis letzte Nacht mit euch gesprochen, wenn ich fragen darf?"

Sarah meldete sich zu Wort. „Och, sie hat nur gesagt,

dass du wohl Türen aufmachst und dass das großartig ist. Und falls deine Augen heute Morgen ein bisschen feucht schimmern, sollen wir ja den Mund halten."

„Joan mag ja ein wenig neugierig sein, aber sie ist eine sehr kluge Frau und sie hat Recht, außer damit, dass ihr den Mund halten sollt!" Ich hielt einen Moment inne, um mein Zögern hinunterzuschlucken und fuhr fort: „Von jetzt an möchte ich, dass ihr beide mit mir *redet*. Nicht nur über Alltagskram, sondern wirklich über alles. Was in der Schule los ist, welches Buch ihr gerade lest, wie's mit euren Freunden so läuft."

„Dad, ich bin grade mal dreizehn, ich habe noch nicht mal meine Tage!", kicherte Sarah.

„Ich meine ... ich wollte doch nur sagen, dass ich mir wünsche, dass wir alle mehr miteinander reden, anders als es zuletzt der Fall war. Ich möchte euch gerne wieder näher kommen. Ich weiß wohl, dass meine Arbeit eine Menge Zeit in Anspruch nimmt, und dass ich oft im Ausland unterwegs bin, aber ich möchte euch auf einer tieferen Ebene als nur durch Autoschlüssel und Kartoffelbrei spüren."

Beide lachten und Caroline blickte ihrem Vater direkt in die Augen. „Heißt das, dass wir sogar über Mum mit dir reden können?" Ihre Stimme zitterte leicht. Meine Augen wurden ein wenig feucht:

„Ich glaube, es ist an der Zeit, dass wir über *alles* sprechen, vor allem über eure Mutter. Ich weiß auch gar nicht, warum ich all das überhaupt sage, aber irgendwie verändert sich gerade alles in meinem Leben. Und das Erste, was ich gelernt habe, ist, meiner Intuition zu vertrauen, an mich selbst zu glauben und hinter dem zu stehen, was ich sage. Das bedeutet auch, mit euch beiden über Themen zu sprechen, die ich normalerweise vermeide, zum Beispiel über eure Mutter." Sarah und Caroline standen auf, kamen zu mir und nahmen mich fest in den Arm. Caroline sagte: „Willkommen zurück im Land der Gefühle!"

Sarah rief: „Hab Dich lieb, Daddy! Mist, wir müssen los, sonst verpassen wir den Bus!", kreischte sie. Die beiden schnappten sich schnell ihre Schultaschen und sausten durch den Hinterausgang davon.

Ich saß alleine am Frühstückstisch und lauschte dem Gesang der Vögel in den Bäumen. Als ich aus dem Erkerfenster über den Rasen blickte, der sich übergangslos bis zum Seeufer am Ende des Grundstücks hinzog, flog eine einsame Schwalbe durch die Lüfte und ich dachte: *Wir sind niemals alleine, solange wir nur eine Erinnerung voller Freude und Liebe an jemanden haben. Solange wir ein Gefühl der Zugehörigkeit empfinden und uns verbunden fühlen mit etwas, das größer ist, als wir selbst. Ich möchte es Hoffnung nennen. Ich frage mich, was das Mädchen mit den neun Zehen wohl dazu sagen würde.*

In der Einfahrt ertönte das wohlbekannte Hupen und John griff nach seiner Aktentasche und beeilte sich, zur Arbeit zu kommen.

Die Welt ist ein Ort
der Freundlichkeit
Warum sind wir nicht
freundlich?

4. Kapitel

„Herr Premierminister, das funktioniert so nicht, Sie können doch nicht einfach die Arbeitslosen bestrafen, indem Sie die Sozialleistungen kürzen, nur weil die nicht arbeiten wollen!" Diese Worte kamen von einem seiner Berater für das Sozialversicherungssystem. Sie saßen im großen Konferenzsaal und diskutierten über die Beschäftigungskrise.

„Mr. Norton, ich sage das nur ein einziges Mal. Genau das ist der Grund, warum wir diese hohe Arbeitslosenquote haben. So lange wir den Leuten, die zu faul sind, eine Arbeit anzunehmen, sei es als Müllmann oder als Putzfrau, brav jeden Monat ihren Scheck rüberschieben, damit sie Arbeitslosengeld kassieren, unterstützen wir ihre Faulheit nur. Ich weiß sehr wohl, dass das ein heikles Thema ist, sowohl für Sie als auch für den Rest der Partei, genauso wie für die australische Bevölkerung. Aber stellen Sie sich nur einmal ein Land vor, wo die Menschen wirklich Freude an ihrer Arbeit haben und bereit sind, ein Risiko einzugehen, selbst wenn das bedeutet, wieder bei null anzufangen, um ihr Leben wieder lebenswert zu gestalten. Anstatt ihnen Geld zu geben, sollten wir ihnen die Möglichkeit eröffnen, einen neuen Beruf zu lernen oder eine Ich-AG zu gründen. Wir sollten Unabhängigkeit fördern, anstatt Abhängigkeit. Wir müssen die Leute lehren, was Selbstwertgefühl und Eigenverantwortung bedeuten. Wir müssen sie darin unterstützen, auf ihren eigenen Füßen zu stehen, und sie ermutigen, ihren Beitrag zu leisten, dass diese Welt ein besserer und lebenswerter Ort wird. Anstatt dass sie unter Hoffnungslosigkeit und Aggressionen leiden, die der Samen sind für Faulheit und für ein Bewusstsein, das *no future* heißt und das sich in unseren jungen Menschen bildet, wenn sie nach der Schule eine Arbeitsstelle suchen. Mut zur Veränderung heißt die Devise!"

Im Konferenzsaal herrschte Totenstille. Achtunddreißig Männer und Frauen hielten den Atem an und waren schlichtweg zu überrascht, um etwas zu sagen. Mr. Norton raffte wütend seine Papiere zusammen und stampfte aus dem Saal, sein Gesichtsausdruck war voller Abscheu. Einige der anderen Parlamentsmitglieder waren aufgestanden und klatschten Beifall (die meisten von ihnen waren Frauen). Der Rest der Anwesenden war entweder zu erstaunt oder zu bewegt, um etwas zu sagen. Dass ausgerechnet dieser Mann, John Macmilan, seines Zeichens ein zurückhaltender Ja-Sager, solch eine Charakterstärke an den Tag legte, war schon ein harter Brocken, der schwer zu schlucken war.

John spürte, wie ihm heiß wurde und sein Gesicht war so rot wie eine Tomate. Aber innerlich fühlte er sich fantastisch. Endlich hatte er ausgesprochen, was er wirklich dachte und noch dazu bei einem so wichtigen Thema wie der hohen Arbeitslosigkeit – und das alles ohne Rücksicht darauf, wie jemand anderer reagierte. Er hatte einfach nur auf sein Herz gehört. Er wusste, dass dies nur der Beginn eines Kampfes war, nicht nur der politische Kampf eines Premierministers, oh nein!, sondern es war auch der persönliche Kampf eines Mannes, seine eigene innere Wahrheit zu finden. Er blickte nach oben zur Galerie, wo die Gemälde von australischen Künstlern hingen. Sein Blick blieb an einem Bild hängen, das er zuvor noch niemals bemerkt hatte. Es zeigte einen Aborigine, der auf einem Felsen stand und in die Ferne zeigte. Er sah dem alten Mann verdächtig ähnlich, der ihn zum Fluss hinuntergeführt hatte.

Eine Vision ist ein Pfad
der zu Deinen Träumen führt
Träume Deine Visionen jeden Tag
und sie werden Wirklichkeit

5. Kapitel

So, jetzt bin ich aber wirklich neugierig, was dieses Mal passiert, wenn ich am Fluss entlangjogge", dachte ich, als ich meine Nike-Turnschuhe schnürte. Meine beiden Bodyguards waren die gleichen Männer wie gestern und auch sie waren bereit für den Laufpfad. Es entging mir keineswegs, dass sie immer wieder argwöhnisch über die Schulter blickten, um zu sehen, was ich so trieb, aber vielleicht dachten sie auch nur, dass ich allmählich verrückt wurde. Ich begann mit ein paar Dehnübungen und nach ein paar Minuten joggte ich locker den Weg entlang. Erneut spürte ich, wie der Wind den Schweiß auf meiner Haut trocknete. Ich hörte den rhythmischen Klang meiner Füße auf dem Erdboden und den Ruf der Vögel in den Bäumen. Ich sah die Stelle, wo ich gestürzt war und ohne nachzudenken, verließ ich den Weg und glitt hinab in die Schlucht.

„Willkommen zurück in der Traumzeit, *Turawwa*", sagte der alte, dunkelhäutige Mann. „Hast du heute auch Schmerzen in deinem Kopf?"

„Nein, habe ich nicht, alter Mann. Aber ich würde

wirklich zu gerne deinen Namen wissen. Verrätst du mir deinen Namen, alter Mann?"

„Man nennt mich Baldwa, das bedeutet *Der die Pfade der Traumzeit kennt*, aber wir haben jetzt nicht genügend Zeit, um über Namen zu sprechen. Wir müssen gehen, sie erwartet dich bereits. Folge mir."

Wir nahmen den gleichen Weg wie das letzte Mal und wiederum spürte ich, wie sich die Temperatur veränderte. Alle Geräusche um mich herum verschwanden. Ich hatte das Gefühl, in einem Vakuum zu gehen, wo keine Zeit existierte. Baldwa wandte sich zu mir um und blieb stehen. Er stützte sich auf seinen Speer und deutete auf die Öffnung, die sich zwischen den Teebaumsträuchern auftat. Dort konnte ich den Murrumbidgee-Fluss sehen.

„Sie ist da unten. Geh zu ihr, und bei deiner Rückkehr wirst du nicht mehr der Gleiche sein." Ich musste blinzeln und im Nu war er verschwunden. Ich ging zum Fluss hinunter. Sie saß auf dem gleichen Felsen, in der gleichen Position und das gleiche geheimnisvolle Lächeln umspielte ihre Lippen.

„Willkommen zurück, *Turawwa*. Setz dich und höre, was ich dir zu sagen habe. Deinen Weg hast du bisher mit viel Geschick gemeistert und die nächste Herausforderung, die dich erwartet, wird dich noch näher zu deinem wahren Selbst hinführen. Eine Vision zu haben, ist wie ein Licht anzumachen. In diesem Augenblick kannst du vor deinem geistigen Auge deinen Bestimmungsort sehen. Du nennst es deinen Traum oder dein Ziel. Wenn du diese Vision in deinem Inneren aufrecht erhältst, an dieser Vision festhältst, wirst du die Kraft haben, weiterzugehen, ungeachtet der Schwierigkeiten, die sich dir entgegenstellen werden. Das ist der Ansporn, der dich in die Zukunft bringt. Schließe deine Augen und betrachte den Weg, der dich in die Zukunft führt.

Ist es ein silberner Fluss oder eine Straße, die über die Berge führt? Wenn du dieser Linie nach und nach gestattest, deutlicher zu werden und Gestalt anzunehmen, stelle dir vor, dass deine Vision am Ende des Weges auf dich wartet. Wenn Du zurückblickst, wirst du mit der Zeit die vielen verschiedenen Schritte sehen und verstehen können, die du auf dieser Linie gegangen bist, um dein Ziel zu erreichen. Aber von ebenso großer Bedeutung, und sogar noch wichtiger ist es, die Herausforderung, der du dich gestellt hast, zu erkennen, bevor du diesen Schritt unternommen hast. Was genau hast du getan? Und was genau hat sich verändert? Was hast du dabei gewonnen, als du diesen Schritt unternommen hast? Welche Veränderung hat das für dein Leben mit sich gebracht? Stelle dir diese Fragen, und du wirst deiner Vision näher kommen. Du wirst die Antworten auf deine Fragen finden, die du in der Zukunft brauchst. Sei dir darüber klar, welche Schritte du tust, und wen du mit dir nimmst. Beobachte, welche Gefühle in dir dich am Meisten bewegen. Stell dir vor, wie du am Ufer eines großen Flusses stehst. Drüben, auf der anderen Seite kannst du deine Vision sehen. Du kannst sie nicht nur sehen, du kannst auch die Stimmen und Geräusche in deinem Traum hören. Du spürst ihn tief in deinem Inneren. Du kannst es schmecken und riechen: Deine Zukunft, dein Ziel. Jetzt gehe auf die andere Seite, benutze dafür die Steine, die du selbst ins Wasser gelegt hast. Mach den ersten Schritt erst, wenn du weißt, dass du auch bereit dazu bist."

Als ich dem rhythmischen Singsang ihrer Stimme lauschte, fiel ich langsam in Trance. Ich konnte den Fluss sehen. Die Farben waren von unglaublicher Intensität und die Geräusche von unbeschreiblicher Klarheit. Ich sah, wie ich auf den ersten Stein sprang: „MUT!" rief ich laut aus.

Und das Mädchen mit den neun Zehen sah mich an

und sprach: „Du hast nun den ersten Stein auf deinem Weg zu wahrer Führerschaft erreicht. Geh nun zurück in dein Land und stelle unter Beweis, was du gelernt hast."

„Mr. Macmilan, Mr. Macmilan, wo sind Sie, Sir?" Ich konnte ihre Rufe vom Joggingpfad hören. Als ich die Böschung nach oben sprang, wäre ich beinahe mit Rick zusammengestoßen.

„Ich bin hier, Männer. Na, dann lasst uns mal wieder in die Normalität zurückkehren!" Sie warfen einander zweifelnde Blicke zu und zuckten mit den Schultern. Dann machten wir uns auf den Weg zurück zum Wagen.

Habe den Mut
Deine Stimme zu erheben
um die Liebe zu erkennen

6. Kapitel

John öffnete die Haustür und rief nach seinen Töchtern.

„Sarah, Caroline. Wo steckt ihr? Kommt her, ich möchte mit euch beiden reden!"

Sie saßen am Küchentisch und allen dreien war etwas unbehaglich zumute. Joan lockerte die Atmosphäre ein wenig auf, als sie in die Küche schneite, um sich eine Tasse Tee zu machen.

„Ich möchte eine neue Beziehung zu euch beiden aufbauen. Eigentlich zu euch dreien." Er blickte zu Joan, die am Küchenherd stand.

„Ich weiß, dass ich lange Zeit sehr verschlossen war. Sogar in der Arbeit war es das Gleiche: Ich kann funktionieren, ich kann sogar Entscheidungen treffen, ich kann mich mit Leuten unterhalten, aber ich habe vergessen, wie ich meine Gefühle zeigen kann. Es fühlt sich manchmal an, als ob sich ein eisernes Band um mein Herz gelegt hätte." Er spürte, wie seine Augen feucht wurden. Dieses verflixte

Mädchen! „Nun, um eine lange Geschichte kurz zu machen, ich habe einen Entschluss getroffen: Den Mut zu haben, mich euch gegenüber zu öffnen. Ich weiß noch nicht wirklich, wie ich das anstellen soll, aber ich habe dieses Mädchen mit den neun Zehen getroffen. Sie hat mir gezeigt, wie ich auf die Steine im Fluss springen kann ..."

„Hey Dad, Moment mal! Was erzählst du da von Mädchen mit Steinen und auf den Zehenspitzen hüpfen?"
John atmete sehr tief ein und fing an, den dreien alles über seine Besuche bei dem Mädchen unten am Fluss zu erzählen und verheimlichte nichts. Als er geendet hatte, blickte zu seiner Überraschung niemand von den anderen auch nur eine Spur ungläubig drein. Joan fragte sogar, ob sie ihn das nächste Mal begleiten könnte, vielleicht würde Baldwa ja die Warzen an ihren Füßen und ihre Krampfadern heilen können. Sie lachten alle aus vollem Herzen und John fühlte sich zum ersten Mal seit langer, langer Zeit wieder leicht und unbeschwert.

Lebe Deine Träume

7. Kapitel

Vom Bett aus hörte er das Zirpen der Grillen draußen im Garten. Seine Gedanken schweiften zurück in die Vergangenheit. Er erinnerte sich an Momente, in der Arbeit und in seinem Privatleben, als er nicht den Mut besessen hatte, zu sagen, was er wirklich dachte oder fühlte. Als die Bilder vor seinem inneren Auge vorbeizogen, konnte er erkennen, wie die Entscheidung, nicht zu sagen, was er wirklich dachte oder was ihm seine Intuition sagte, eine Situation verursachte, in der er wütend, traurig oder frustriert war. Er hatte das Gefühl, dass er selten das bekam, was er wirklich wollte. Aus Angst, die Gefühle von jemandem zu verletzen, aus Angst, dass er im Unrecht war oder schlichtweg aus Bequemlichkeit. Dann erschien ihm in der Dunkelheit eine Vision, die wie Marys Gesicht aussah und die versuchte, ihm etwas zu sagen, etwas, das klang wie: *Folge deinem Herzen.*

Worte, die auch das Mädchen mit den neun Zehen gesagt haben könnte, dachte er, bevor er langsam in Morpheus' Arme sank.

Liebe Dich selbst
und
die Welt wird Dich
lieben

8. Kapitel

Er erwachte vom Klang leiser Stimmen und dem Geruch eines Lagerfeuers. Als er die Augen öffnete, erblickte er ein niedriges Dach, das aussah wie aus Rinde und Ästen gebaut. Er befand sich in einer Art Hütte und jemand rief seinen Namen: „*Turawwa, Turawwa*! Die Sonne wartet auf dich. Komm nach draußen und begrüße den Tag."

Er kroch aus der Hütte und fand eine Gruppe Aborigines, die sich im Kreis um das Feuer versammelt hatten. Ein großer schwarzer Kessel hing über der Feuerstelle und sie tranken Tee. Er gesellte sich zu ihnen und die alte Hüterin des Feuers reichte ihm einen Becher mit kräftigem, süßen Tee. Das tat gut. Ein Mann, dessen ganzer Körper mit Federn geschmückt war, sagte zu ihm:

„*Turawwa*, du hast nun den zweiten Stein im Fluss erreicht. Er wird dich *Selbstvertrauen* lehren. Auf der ganzen Welt gibt es niemanden, dem du völlig vertrauen kannst, außer dir selbst. Du kannst nicht in die Köpfe anderer Menschen schauen, um zu wissen, ob sie die Wahrheit sprechen oder ob sie den Speer der Integrität bei sich tragen. Aber du kannst in dein eigenes Herz schauen, in deinen eigenen Verstand, um die Lieder zu begreifen, welche die Ahnen für dich singen. In jeder Situation, in der du eine Entscheidung treffen musst, auch wenn es gefährliche Folgen hat oder du jemanden, den du liebst, verletzt, musst du deinem Herzen folgen. Das ist der Weg des Selbstvertrauens."

Meine Augen tränten vom Rauch des Feuers und ich antwortete ihm:

„Ich glaube, dass ich bereit bin, zum zweiten Stein zu springen, aber ich habe Angst, dass ich scheitere, wie so oft in der Vergangenheit."
Ich nahm noch einen Schluck von dem süßen Tee und blickte über das Feuer hinweg den Mann mit dem Federschmuck an.

„Besinne dich auf einen Moment in der Vergangenheit, wo du ein großes Problem bewältigen und eine Entscheidung treffen musstest, ohne die Hilfe oder den Rat von jemand anderem. Und die Entscheidung, die du getroffen hast, war vollkommen richtig, auch wenn sie schwierig in die Tat umzusetzen war. Wie hast du dich in diesem Moment gefühlt, als du genau gewusst hast: Das ist das Richtige?"

Ich dachte an eine Zeit zurück, als ich eine Entscheidung treffen musste, ob ich Truppen nach Timor schicken sollte, oder nicht. Alle anderen waren dagegen, aber ich wollte für den Frieden kämpfen. Als ich mir imaginierte, wie ich ganz alleine dastand und ohne den geringsten Zweifel wusste, dass diese Entscheidung richtig war, sah ich, wie ich aufrecht stand, meine Schultern waren entspannt und ein leichtes Lächeln umspielte meine Lippen. Ich verspürte ein tiefes Gefühl der Wärme in meiner Brust und als ich meine Hand auf diese Stelle legte, wurde dieses Gefühl noch stärker.

„Das ist dein Moment des Selbst-Vertrauens. Nutze dieses Kraftlied jedes Mal, wenn du eine Entscheidung treffen musst. Wenn du es nicht hörst, dann ist deine Entscheidung falsch", Mr. Federkiel hatte gesprochen.

Ich öffnete die Augen, um die anderen Menschen anzusehen, doch zu meinem Erstaunen fand ich mich alleine am Feuer wieder. Alles, was ich sah, war ein flacher, staubiger Landstrich, übersät mit knorrigen Buschstümpfen und vereinzelten trockenen Grasbüscheln. Ich stand auf und blickte der Sonne entgegen. Es war wohl noch früh am Morgen, aber trotzdem schon sehr heiß. Von einem nahegelegenen Strauch drangen Stimmen zu mir herüber. Zwei Kinder, ein Junge und ein Mädchen, rannten auf mich zu.

„Das Mädchen mit den neun Zehen schickt mich. Ich soll dir dabei helfen, der neuen Herausforderung auf deinem Weg zu begegnen. Ich will alles tun, was ich kann, um dir behilflich zu sein. Ich bin auf deiner Seite!" Die Stimme des Mädchens klang beruhigend und freundlich, aber aus irgendeinem Grund vermied sie es, mir direkt in die Augen zu schauen.

„Mein Name ist Wootara und das ist Yarawwa", sagte das andere Kind, ein etwa zwölf Jahre alter Junge.

„Du musst dich für einen von uns entscheiden, wem du dein Vertrauen schenkst, wer dein Spurenleser sein soll. Und du musst dich schnell entscheiden!" Er sagte das sehr, sehr schroff und ungeduldig, und sah mir ohne die Spur eines Lächelns direkt in die Augen.

Ich kannte diese Situation nur allzu gut aus meiner Vergangenheit, wenn ich aufgefordert war, zu entscheiden, wer der oder die Richtige war. Die meiste Zeit über wurde ich von dem Glauben beeinflusst, dass ein höflicher und freundlicher Mensch auch der vertrauenswürdigere sei. Das ging manchmal sogar soweit, dass ich Angst hatte, die Gefühle dieses Menschen zu verletzen, wenn ich ‚Nein' sagte. Ich betrachtete das Mädchen und spürte in mich hinein, um zu sehen, was mein Herz mir sagte. Sie lächelte mich an und schlug die Augen nieder. Ich fühlte nichts. Ich blickte zu dem Jungen hinüber, der mir unverwandt in die Augen starrte, und legte die Hand auf mein Herz. Ein starkes Wärmegefühl durchströmte meinen Körper. „Ich wähle Dich, Wootara!", rief ich und Yarawwa verschwand. Er drehte sich zur Wüste hin und murmelte undeutlich: „Folge mir!" Und das tat ich auch.

Es wurde heiß und Schweißtropfen rannen an mir herunter. Der Sand knirschte unter meinen bloßen Füßen. In der Wüste herrschte vollkommene Stille. Nach einer Weile blieb Wootara wie angewurzelt stehen. „Horch, *Turawwa, Der mit dem Herzen führt*, was hörst du?" Ich schloss Augen und Mund und nahm konzentriert die Laute meiner Umgebung in mich auf. Bald schon konnte ich schwache Stimmen vernehmen, die von sehr weit her zukommen schienen. „Das sind die Stimmen der Ahnen. Sie sind mit deiner inneren Stimme verbunden und wo immer du auch bist, was immer du auch wissen willst, du kannst sie jederzeit fragen. Hier liegt all die Information verborgen, die Antworten auf alle deine Fragen, alles, was du jemals wissen musst, um ein glückliches und erfülltes Leben zu führen. Aber der einzige Weg, um diese Stimmen zu hören, ist es, mit deinem Herzen zu lauschen."

Mit Deinem Lächeln kannst
Du Berge versetzen

9. Kapitel

Ich öffnete die Augen, als die Strahlen der Morgensonne durch die Vorhänge fielen. In ihrem Licht tanzten kleine Staubflocken. Aus Angst, meinen Traum zu vergessen, wagte ich es nicht, auch nur einen Muskel zu rühren. Die Bilder waren mir noch deutlich in Erinnerung, ebenso wie Wootaras Worte und seine Stimme. Ich stand auf und machte die Vorhänge und das Fenster auf. Als ich die klare Morgenluft einatmete, nahm ich die Welt draußen sehr bewusst wahr. Ich hatte das nicht mehr getan, seit ich als Kind auf der Farm herumtobte, auf der ich aufgewachsen war. Ich ging nach draußen und spürte unter meinen bloßen Füßen den frischen Morgentau, der die Wiese benetzte. Ich sog den Geruch von frisch gemähtem Gras ein und irgendwo in den Eukalyptusbäumen erschallte das Gelächter eines Kookaburra. Ich weiß, dass ich noch eine Menge lernen muss. Wie oft habe ich in der Vergangenheit nicht auf mein Herz gehört. Mary hatte mir immer wieder gesagt, dass ich auf meine Intuition hören und meinem Bauchgefühl vertrauen sollte. Das war in der Tat ein Streitpunkt in unserer Beziehung, der immer wieder aufkam, wenn es darum ging, eine Entscheidung zu treffen, die unsere Familie anbelangte. In der Arbeit war ich bei meinen Entscheidungen selten locker oder impulsiv. Einige meiner Berater verpassten mir sogar den Spitznamen McNatter.

Immer brauchte ich zuerst detaillierte Informationen und Antworten auf alle Fragen. Moment mal! Hatte das nicht auch Wootara letzte Nacht in meinem Traum zu mir gesagt? Die innere Stimme. Die Verbindung zu den Ahnen. Ich trat auf die Lichtung und kam an das Ufer des Sees. Die Hosenbeine meines Pyjamas sogen sich voll und wurden schwer. Trotzdem setzte ich mich ins Gras. Früher hätte ich das niemals getan, sondern immer zuerst eine Decke hingelegt und nachgesehen, ob Ameisen herumkrabbelten. Ich blickte hinaus auf den See. Nebel stieg langsam von der unbewegten Wasseroberfläche auf und ich atmete den modrigen Geruch des Sees ein. Das Spiel der Farben auf dem Wasser veränderte sich allmählich, als auf der anderen Seite des Ufers die Sonne über den Bergen aufging. Ich spürte eine starke Verbindung zu der Erde unter meinen Füßen und begann, den alten Klassiker von Louis Armstrong zu summen. „*What a wonderful world.*" Was für eine wundervolle Welt.

Mr. Macmilan, Mr. Mac, Frühstück ist fertig." Joan stand auf der Veranda und rief nach mir. Ich überließ Mr. Armstrong seinen Teil der Welt und stand auf, dehnte mich und ging zum Haus zurück, um mich um *meinen* Teil der Welt zu kümmern.

Hass wird aus der Angst geboren

10. Kapitel

"*Ich fordere alle Bürger und Bürgerinnen dieses Landes dazu auf, ihre Zukunft in die eigenen Hände zu nehmen. Diese Regierung glaubt an Eigenverantwortung und die Macht der Hoffnung. Mit Wirkung des heutigen Tages werden alle Sozialleistungen für Arbeitslose um vierzig Prozent gekürzt. Jeder Mensch, ungeachtet von Geschlecht, Hautfarbe und Glauben, hat von nun an die Möglichkeit, legal, selbstverantwortlich und unabhängig in seinem eigenen Geschäft zu arbeiten, auch wenn er gleichzeitig angestellt ist. Alle anderen Arbeitslosen werden ab sofort mindestens sechs Stunden pro Tag im sozialen oder medizinischen Bereich arbeiten. Zum Beispiel in Krankenhäusern, Altenheimen, bei Essen auf Rädern, in gemeinnützigen Einrichtungen und Umweltprojekten. In der Behindertenpflege, beim Straßenbau im Busch und sonstigen Stiftungen und Initiativen, die unser Land und seine Flora und Fauna erhalten.*

Wenn wir alle zusammenarbeiten, und alles geben, was wir haben, dann, und nur dann, haben wir die Chance, das Ruder herumzureißen. Von einer Demokratie, die im Begriff ist, zu scheitern und auf Abhängigkeit und sozialer Instabilität beruht, hin zu einer Vision, in der wir wieder stolz darauf sein können, uns Australier zu nennen!"

Ich kam nicht umhin, daran zu denken, was wohl das Mädchen mit den neun Zehen zu dieser Erklärung sagen würde. Mrs Simmons, meine Sekretärin fragte mich, ob dies das Ende meiner öffentlichen Erklärung wäre, die sie fertig tippen musste, um sie zu kopieren und rechtzeitig ins Repräsentantenhaus schicken zu können. Es war fast schon vier Uhr. Ich betrachtete ihr Gesicht und zum ersten Mal in den fünf Jahren unserer Zusammenarbeit bemerkte ich ihre tiefgrünen, freundlichen Augen und eine kleine Narbe über ihrer linken Augenbraue. Sie lächelte mich an.

„Warum lächeln Sie, Mrs Simmons?"

„Sir, wenn Sie gestatten: Ich arbeite seit vielen Jahren im öffentlichen Dienst und selten habe ich so eine kühne Erklärung bezüglich der Arbeitslosigkeit gehört, die zugleich so innovativ und eine so große Herausforderung ist, wie diese. Ich will gar nicht wissen, wie Mr. Norton oder der Rest des Kabinetts darauf reagieren, ich möchte Sie nur wissen lassen, wie großartig ich das alles finde!"

Sie erhob ihren fülligen Körper vom Stuhl, klappte das Laptop zu und verließ mein Büro. Ein Duft aus Lavendel und alten Rosen hing in der Luft, der mich immer an Marys Mutter erinnerte. Ich lehnte mich in meinen Bürosessel zurück und dachte über die Schwierigkeiten nach, die Gesetzesänderungen und Regulierungen hinsichtlich der Verbesserungsmaßnahmen für die Arbeitssituation mit sich bringen würden. Da wurde mir schlagartig klar, dass ich in Gedanken Verbesserung der Arbeitssituation und nicht der Arbeitslosigkeit formuliert hatte. In der politischen und öffentlichen Diskussion wurde immer von Gesetzen bezüglich der Arbeitslosigkeit gesprochen. Indem ich es positiv formulierte und zu etwas

Motivierendem machte, zumindest auf einer semantischen Ebene, veränderte sich die Bedeutung völlig. Mal wieder die kleine Miss mit den neun Zehen, schätze ich. Das rote Licht an meinem Telefon blinkte. Ein Privatgespräch. Ich nahm den Hörer ab.

„John? Hier ist Brian. Was hältst du davon, heute zum Abendessen raus nach Red Hill zu kommen? Hab' dich schon eine Ewigkeit nicht mehr gesehen, alter Junge. Hast du Zeit?"

„Brian, schön, dich zu hören. Klingt gut! Gegen acht, passt das? Ich bringe 'ne Flasche Rotwein mit, wenn du dich um die Steaks kümmerst."

„Kein Problem, Kumpel. Bis später! La Paloma, ade." Er legte auf. Als ich daran dachte, dass jemand, der Finanzminister war und jahrelange Erfahrung im Umgang mit riesigen Bankunternehmen und Megakonzernen besaß, auch einen Hang zum Seichten hatte, konnte ich mir ein Grinsen nicht verkneifen.

Mir blieb zwar keine Zeit zu joggen, aber ich hatte das Gefühl, dass es wichtig war, mich mit Brian zu treffen, denn wir hatten uns sehr lange nicht gesehen. Das Mädchen mit den neun Zehen hatte offensichtlich sowieso ihre eigenen Mittel und Wege, sich in meine Gedankenwelt zu schleichen, um meine Denkmuster zu verändern.

Zu Hause angekommen, sprang ich schnell unter die Dusche und zog mich um. Dazwischen sah ich kurz Sarah und Caroline, schlüpfte in meine Schuhe und holte aus dem Keller eine Flasche Barossa Valley. Plötzlich nahm ich wahr, wie sehr sich meine Töchter verändert hatten, wie *erwachsen die beiden* plötzlich wirkten. Oder hatte ich mich am Ende so verändert?

Genieße das Leben
Mit jedem Tag
Mit jedem Lächeln
Mit jeder Träne

11. Kapitel

Als ich die Einfahrt zum Haus hochfuhr, versetzte mich die Schönheit dieses Anwesens mit seinen umliegenden Gärten ein ums andere Mal wieder in Erstaunen. Alte Kastanienbäume spendeten Schatten über dem Weg zum Haus. Akazien und immergrüne Banksiabäume waren an ausgesuchten Stellen gepflanzt, offenbar nach Feng-Shui, der alten Philosophie der Chinesen. Das hatte mir Consuela, Brians Frau einmal erzählt. In der Wiese blühten Löwenzahn und Klatschmohn und hinter den Kastanien blitzten Eukalyptusbäume hervor. Die ganze Landschaft roch und sah wie wohlkontrolliertes australisches Buschland aus. Das Gebäude war ein renoviertes altes Farmhaus mit einer umlaufenden Terrasse. Es war mit alten roten Ziegeln gedeckt und an den Wänden rankten sich Hortensienreben empor. Ich freute mich wirklich ausnehmend auf ein Abendessen mit einem meiner besten Freunde.

„John, alter Junge! Großartig, dich zu sehen. Komm nach hinten! Ich hab' den Grill angeworfen und die Steaks sind schon am Brutzeln."

Seine blauen Augen glänzten in der untergehenden Abendsonne. Mit viel Schulterklopfen und Händeschütteln überreichte ich ihm die Weinflasche. Dann gingen wir durch den Flur in den Garten.

„Kann ich Dir helfen, Brian? Wo steckt denn Consuela?"

„Ich hab sie mit ihren Freundinnen in den Club geschickt, Ladies' Night, damit wir mal allein sein können. Yup! Hol' mal die Kartoffeln aus dem Aga in der Küche. Du weißt ja, wo alles ist!"

Wir setzten uns und ich schaufelte Salat auf unsere Teller. Beim Geruch von frischem Salbei und Thymian lief mir das Wasser im Munde zusammen. Er schenkte den Wein ein und rief: „Die Gläser hoch." Ich musste zum ungefähr zehnten Mal lachen und wir verdrückten unsere Steaks. Er sah mich zur Abwechslung mal ernst an und sagte:

„John, ich habe komische Dinge über dich gehört."

„Von unserem Freund James Norton, stimmt's?"

„Ja, stimmt! Aber du kennst ihn ja. Er ist manchmal etwas laut und streitlustig, aber sein Herz und seine Brieftasche hat er am rechten Fleck. Wie dem auch sei, er meint, dass du dich verändert hast, dass du ... – wie hat er doch gleich gesagt? – ziemlich philosophisch geworden bist, davon redest, Leute zur Arbeit zu verpflichten und nur die Leute bezahlen willst, die auch arbeiten wollen. Na ja, du weißt ja, wie er ist. Er hält an den alten verstaubten Gesetzen fest und kann grundlegende Veränderungen überhaupt nicht haben. Er hat auch gesagt, dass du jetzt sehr viel entschlossener bist und dich sogar als kleinen Hitler beschimpft."

Ich musste losprusten und hätte beinahe meinen Wein über dem weißen Leinentuch verschüttet, auf das Consuela immer bestand, auch wenn wir nur grillten.

„Er hat Recht, Brian, ich verändere mich. Mir werden gerade eine Menge Fehler klar, die ich in der Vergangenheit gemacht habe. Ich glaube, als Mary gestorben ist, ist ein Teil von mir mit ihr gestorben und deswegen bin ich faul und kaltschnäuzig geworden was meine Arbeit anbelangt. Ich bin beinahe schon abhängig von den Entscheidungen und Ideen meiner Berater und Assistenten. Ich habe einen Teil meines Selbstvertrauens eingebüßt. Du kennst mich ja seit der Highschool und du weißt, dass ich immer gut darin war, andere Menschen zu führen. Erinnerst du dich noch an unser Rugby-Team? Ich war der Kapitän und du hast links außen gespielt. Na ja, zurück zum Thema: Um ein guter Anführer sein zu können, musste ich lernen, meine Gefühle beiseite zuschieben und von meinen Emotionen abgeschnitten zu sein. Während all der vielen Jahre als Politiker habe ich irgendwann den Zugang zu meinem Inneren verloren, weißt du, was ich meine?"

„John, erzähl' mir jetzt bloß nicht, dass du einer von diesen Osho-Jüngern geworden bist und nur noch in Orange rumläufst." Er sah mich feixend an.

Ich fühlte mich zornig und unverstanden.

„Herrgott noch mal, Brian. Kannst du nur ein einziges Mal in deinem Leben ernst sein und mir zuhören!!" Ich war wirklich sauer auf ihn.

„Ich werde in meinem eigenen Haus manipuliert, Leute benutzen mich für ihre selbstsüchtigen politischen Ziele, unser Land bricht auseinander und ich betrauere noch immer den Verlust meiner Frau, anstatt das zu tun, was ich am Besten kann: Unser Land zu *führen.*"

Ich bemerkte, dass er aufgehört hatte, zu trinken und dem, was ich zu sagen hatte, jetzt wenigstens ein bisschen mehr Aufmerksamkeit und Ernst entgegenbrachte.

„Und außerdem habe ich jemanden kennengelernt: Das Mädchen mit den neun Zehen."
Diesmal bekam er einen Hustenanfall und verschüttete Wein auf der weißen Tischdecke. Die Tropfen sahen aus wie Rubine, die jemand achtlos auf den Tisch geworfen hatte.
„John, erzählst du mir gerade, dass du eine Freundin hast, und sie für deinen Klärungsprozess verantwortlich ist? Wer ist sie? Wie heißt sie? Es ist doch wohl nicht Mrs Simmons?"
„Brian, hör' mir bitte mal genau zu! Dieses Mädchen ist nicht wirklich ein Mädchen, sie ist vielmehr eine Art Lehrerin für mich. Und sie hat eine nahezu unheimliche Art, sich in mein Hirn und nicht in meine Hosen zu schleichen. Ich will mal versuchen, dir das Ganze zu erklären ..."
Zum zweiten Mal, und es sollte nicht das letzte Mal sein, erklärte ich jemandem, der mir viel bedeutet, was ich erlebt hatte und verschwieg ihm auch nicht den nächtlichen Traumpfad der Herausforderung. Ich blickte zu ihm hinüber. In seinen Augenwinkeln schimmerten zwei winzige Tränen. Er starrte mich an und nach ein paar Minuten brach er das Schweigen.

„Verdammt noch mal, John, das ist ja erstaunlich! Absolut unglaublich! Meinst du, sie hat auch eine Ahnung, was auf dem Börsenmarkt so abläuft? Himmel noch mal, immer, wenn ich gefühlsduselig werde, reiße ich Witze. Aber jetzt mal im Ernst: Ich bin dein bester Freund und ich habe ja die letzten Jahre über mitbekommen, wie du dich veränderst hast. Ich will damit nicht sagen, dass nur Marys Tod dafür verantwortlich ist, du hast ja deine Gefühle nie großartig zur Schau gestellt. Aber seitdem warst du noch zurückgezogener und hast noch mehr unterdrückt. Ich wollte dir sogar schon raten, wieder den Therapeuten aufzusuchen, der dir in den Anfängen der

Trauerzeit geholfen hat. Sieht aber ganz danach aus, als ob *Das Mädchen mit den neun Zehen* mir da zuvorgekommen ist. Ich kann zwar nicht gerade behaupten, dass ich verstehe, was das alles soll, aber ich weiß, dass du dich zum Guten veränderst. Allein schon die Tatsache, dass du mich angebrüllt hast, als ich dir nicht zugehört habe, ist ein gutes Zeichen. Aber sag mal, was habt ihr beiden, du und das Mädchen, denn mit Australien so vor?"

Ich ging all meine Ideen mit ihm durch, die ich im Kopf hatte. Kürzung der Sozialleistungen. Steuersenkung für neue Betriebe, Kleinunternehmer und große Firmen, damit sie mehr Geld zur Verfügung hatten, um neue Leute zu beschäftigen. Neue Ideen und innovative Programme, ein Gesetzesentwurf für Gleichberechtigung, Umweltschutz, jede Vision, die ich jemals gehabt hatte, seit ich Politiker geworden bin. Am Ende fühlte ich mich ausgelaugt und in Hochstimmung, vor allem, als mein alter Freund, der soviel von Geld und Politik verstand, mir in allem zustimmte.

„John, diese Vision wird ganz Australien verändern. Und ich werde alles tun, was in meiner Macht steht, um dir Unterstützung zu geben. Auch, wenn das bedeutet, Norton einen Tritt in sein Hinterteil zu verpassen. Lass' uns darauf einen trinken: Ein Hoch auf dieses Mädchen, das am Ufer des Murrumbidgee auf dich wartet und auf eine neue Zukunft für dieses Land!" Wir stießen an und umarmten uns wie zwei Bären, die gerade einen gigantischen Lachs gefangen und verputzt hatten: Zwei stolze, aufsässige Jungs.

Wir gingen zu meinem Wagen. Der Fahrer lehnte an der Motorhaube und rauchte eine Zigarette. Kein Lüftchen regte sich und außer dem Zirpen der Grillen und unseren Schritten, die auf dem Kies knirschten, war kein Laut zu hören.

Als ich die Beifahrertür öffnete, drehte ich mich um und sagte: „Ich liebe dich, mein Freund!"

„Jetzt übertreib's mal nicht, John!"

Ich lachte nur und dachte daran, was er wohl schon ungefähr tausendmal gesagt hatte: *Immer, wenn ich gefühlsduselig werde, reiße ich Witze.*

Vertraue Dir selbst
und Deine Welt
wird sich wunderbar verändern

12. Kapitel

Kaum hatte mein Kopf das Kissen berührt, schlief ich auch schon ein. Das Erste, was ich sah, war Wootaras kleiner, drahtiger Körper, der zusammengerollt im Schatten eines Coolibah-Baumes lag.

"*Turawwa*, da bist du ja! Wir haben schon auf dich gewartet."

Neben ihm saß ein kleiner, ausgemergelter Waldhund, der verdächtig nach einer Kreuzung aus Dingo und Foxterrier aussah.

"Das ist Bongo, er wird uns heute helfen." Mit diesen Worten sprang er auf und bedeutete mir, die Führung zu übernehmen. Hinein ging es in die sengende Hitze des Busches, wo alles gelb, orange und weiß war, nur durchbrochen von den braunschwarzen Schatten, die ein vereinzelter Baum oder Felsen warf. Das Land war eben, nichts als staubiger Sand, soweit das Auge reichte. Hie und da ein Känguru. Bald schon bemerkte ich, dass ich zugleich gehen und mit geschlossenen Augen den wiedergefundenen

Stimmen in meinem Inneren lauschen konnte.

Du bist der Anführer, aber du bist auch der Heiler. Der Glaube an dich selbst wird dir die nötige Kraft verleihen, damit du weißt, welche Richtung du einschlagen musst. Deine Intuition ist dein innerer Lehrer. Die Herausforderung, der du dich stellen musst, ist es, diesen Jungen und seinen kleinen Freund zu seiner Familie zurückzubringen. Sie leben hinter dem Großem Roten Felsen. Gehe, wohin dein Herz dich führt."

Plötzlich wandte ich mich gen Westen und rannte los. Ich blickte hinter mich, um sicher zu sein, dass Wootara und Bongo mir auch folgten. Alles, was ich tat, war auf meine Intuition zu hören. Ich nahm eine Wendung, wenn ich wusste, dass es das Richtige war, ich wurde langsamer oder schneller und manchmal blieb ich sogar stehen, damit die anderen beiden aufschließen konnten. Manchmal streichelte ich Bongos trockene Ohren und fragte ihn, ob ich auch der richtigen Spur folgte. Wenn er meine Hand leckte, wusste ich, dass ich auf dem richtigen Weg war. Ob er mich wohl beißen würde, wenn ich mich irrte?

Stunden schienen zu verstreichen, als ich plötzlich einen riesigen roten Felsen erspähte, der weit entfernt am Horizont aufragte. Da wusste ich, dass ich meine Freunde wahrhaftig an den richtigen Ort, ihr Zuhause brachte. Hinter dem Fels befand sich ein kleines Lager, mit ein paar kleinen, verstreuten Schuppen aus Rinde und Akazienholz und einer Feuerstelle. Ein Mann, der neben dem Feuer kauerte, erhob sich und winkte uns zu. Es war der Gefiederte.

"*Turawwa*, du hast den zweiten Stein genommen!", rief er mir zu, als ich mich dem Feuer näherte. Wootara zog an meinem Hemdzipfel, sodass ich mich umdrehen musste. Er nahm meine Hände in seine kleinen, knochigen Hände und blickte mich eindringlich an.

„Danke, dass du mich nach Hause gebracht hast,

Turawwa."

„Aber du hast doch gesagt, dass *du mich* führen würdest, aber du und Bongo, *ihr* seid *mir* die ganze Zeit über gefolgt."

„Wir haben dich geführt, damit du mit Hilfe deiner Intuition den richtigen Weg findest. Und das hast du auch getan, indem du Vertrauen hattest", sagte er mit seiner schroffen, ungeduldigen Stimme.

„Ich übergebe dich jetzt meinem Vater."

Ich machte einen Schritt auf das Feuer zu. Mr. Federkiel klatschte einmal in die Hände und ich öffnete meine Augen. Irgendwo in weiter Ferne hörte ich einen Hund bellen.

Habe den Mut anders zu sein

13. Kapitel

Ich lag reglos und müde auf dem Bett und erinnerte noch einmal jede Sekunde dieses lebendigen Traumes. Tief in meinem Innersten wusste ich, dass das, was ich erfuhr, über bloßes Lernen hinausging. Es war Erkenntnis. Das Wissen um mich selbst und jeder Schritt, den ich tat, war ein Schritt näher zu meinem wahren spirituellen Wesen hin, jenem Teil von mir, der in Vergessenheit geraten war und den Mary vor vielen Jahren einmal erwähnt hatte. „*Das, was ich an Dir am meisten liebe, ist deine Seele. Eines Tages wirst du diesem Teil von Dir begegnen und dann weißt du, dass du zuhause bist.*"

Viel zu oft, vor allem in meiner Beziehung zu Mary, hatte ich niemals wirklich gesagt, was ich fühlte, Ehrlichkeit war eine seltene Kostbarkeit, in deren Genuss man nur kam, wenn ich absolut sicher war, dass ich niemanden verletzte und auch selbst nicht verletzt werden konnte. Ich erinnerte mich daran, dass ich einmal von der Vorstellung von *Harter Liebe* gelesen hatte. Es bedeutete, dem anderen zu sagen, was man dachte und fühlte, selbst wenn es verletzend war. Ganz plötzlich verspürte ich den Drang, hinunter an den Fluss zu fahren. Ich musste unbedingt mit dem Mädchen sprechen.

Liebe ist ein Bewusstseinszustand und kein Ziel

14. Kapitel

Baldwa wartete schon auf mich. Er nahm mich an der Hand und führte mich den Pfad zum Fluss hinunter. Er sah mich mit seinen schwarzen Augen durchdringend an, und sagte: „Möge dir deine Veränderung eine Freude sein!" Wie immer war er auch gleich darauf verschwunden.

„Ah, *Turawwa*, da bist du ja. Ich habe von den Ahnen aus der Traumzeit erfahren, dass du bereits vieles gelernt hast. Setz dich und höre, was ich Dir zu sagen habe. Ich möchte über den nächsten Stein sprechen, der vor dir liegt. Es ist der Stein der Liebe. Aber nicht Liebe, so wie du sie kennst und verstehst. Wahre Liebe, die alles übersteht, basiert auf dem Verständnis, dass die einzig wahre Beziehung die zu Dir selbst ist. Der Fähigkeit, einen anderen Menschen zu lieben, geht zuerst die Liebe zu sich selbst voraus. Viele Menschen fühlen sich in ihrem Leben schwach oder nicht ganz vollständig und sind stets auf der Jagd nach jemandem, der sie wieder ganz werden lässt und der ihnen Stärke gibt. Sie suchen sich deshalb solche Partner aus, die dieses Muster auch erfüllen. Das ist keine Liebe, das ist Sklaverei, das ist Abhängigkeit. Wenn sich nun zwei Menschen begegnen, die bereits ganz sind und zu ihrer eigenen Kraft gefunden haben und wissen, dass sie ihre eigenen Entscheidungen treffen, und in gegenseitiger Liebe zueinander erwachsen, dann basiert ihre Beziehung auf Freiheit und Unabhängigkeit. DAS ist wahre Liebe. Wenn du den Wald betrachtest, siehst du dort viele verschiedene Bäume: Eukalyptus, Jakaranda, Akazie, Eisenrindenbaum, Banksia und den Teebaum. Kein Baum gleicht dem anderen und ihre Wurzelwerke sind voneinander unabhängig. Jeder Baum steht für sich allein, nur ihre Zweige und Blättern berühren einander, sie vollführen im Wind einen gemeinsamen Tanz und erfreuen sich an ihrer Freiheit und an ihrer Eigenverantwortung. Gehe nun zu deinem nächsten Stein, *Turawwa*. Möge deine Veränderung für alle eine Freude sein!"

Ich wollte ihr Tausende von Fragen stellen, aber sie sah mich an und bedeutete mir mit einer kleinen ungeduldigen Handbewegung, mich auf den Weg zu machen. Ich wandte mich um. Hinter mir stand Baldwa und wartete darauf, mich wieder auf den wohlbekannten Weg durch die Schlucht zu bringen, der zu dem Pfad führte, wo mein Auto parkte. Langsam fuhr ich nach Hause, und blieb auf den Schnellstraßen, um Kontakt mit anderen Menschen zu vermeiden. Ich fühlte mich wie ein Teenager, der im Hinterhof außer Sichtweite der Eltern seine erste Zigarette rauchte. Ich wusste zwar, dass es gefährlich war, ohne meine Bodyguards auszugehen, aber zugleich bereitete es mir auch ein diebisches Vergnügen. Als ich aus dem Auto stieg, verriet mir ein Blick auf die Uhr, dass es noch früh am Morgen war. Ich hatte also Zeit, mit meinen Mädchen zu frühstücken.

„Dad, warst du ohne die Jungs aus?" Sarah zwinkerte mir fröhlich zu.

„Kümmere dich lieber mal um deine eigenen Angelegenheiten, junges Fräulein!", gab ich zurück und strubbelte durch ihr pechschwarzes Haar, das in der

Morgensonne glänzte. Caroline trat aus der Küche auf die Terrasse. Sie trug eine Jeans und ein T-Shirt. Beides hatte einst ihrer Mutter gehört. Sie sah Mary so ähnlich, die gleichen Augen, das gleiche Haar, dieselbe Figur ... Ich spürte wieder dieses Engegefühl im Herzen, das ich jedes Mal hatte, wenn ich an sie dachte.

„Hi Dad, Rick und Joe sind echt ziemlich sauer auf dich, weil du ohne sie losgezogen bist. Sie wollen unbedingt, dass du sie anrufst, wenn du wieder zurück bist."

„Ok, ich ruf' sie später an, aber um jetzt mal zu euch beiden Hübschen zurückzukommen, ihr werdet mich heute den ganzen lieben langen Tag ertragen müssen. Was wollt ihr machen, damit wir hier nicht in Langeweile versumpfen? Schwimmen gehen, an den See rausfahren? Wir könnten auch zum Mount Stromlo fahren und das Observatorium besuchen. Natürlich mit meinen zwei muskelbepackten Freunden. Oder wollt ihr lieber hier bleiben und ähm, wie sagt ihr doch gleich, chillen?"

„Wie wäre es, wenn wir einfach alle einen Tag in der Vergangenheit verbringen und über dich und Mum reden, und das, was zwischen euch passiert ist? Lass' uns einfach miteinander hier sein und über die guten alten Zeiten reden, so wie du und Brian es immer machen!"

Sarah nickte und sagte:

„Das ist seit Langem das erste Mal, dass wir wieder als Familie zusammen sind. Ich weiß gar nicht, ob ich damit klarkomme ..."

Ihre Augen wurden feucht, aber dann reckte sie energisch das Kinn, straffte die schmalen Schultern und fing an, sich einen Buttertoast zu streichen.

Nach dem Frühstück gingen wir alle zusammen runter an den See und ließen uns im kühlen Gras nieder. Vom Grund des Sees stiegen Blasen nach oben. Ich fragte mich, ob es ein

Fisch oder ein Flusskrebs war, der unter der Wasseroberfläche lauerte. Caroline brach das Schweigen. „Dad, erzähl uns noch mal davon, was zwischen dir und Mum passiert ist. Niemand hat uns wirklich die Wahrheit gesagt. Du hast sowieso nie viel geredet, und Mum hat dich entweder gehasst oder dich verteidigt. Und Joan hat die ganze Zeit über gesagt, dass alles gut wird – aber was ist eigentlich *wirklich* passiert?"

Ich spürte, wie ich mich in einen inneren Raum flüchtete, wo ich das Gefühl hatte, alle Türen hinter mir zuzumachen, jene zur Vergangenheit, aber auch die zur Zukunft. Plötzlich hörte ich ihre Stimme, den seltsam sanften Singsang des Mädchens mit den neun Zehen. „Folge Deinem Herzen und habe Vertrauen!"

„Also, meine Lieben, was ich euch jetzt erzählen werde, wird euch wahrscheinlich ziemlich aufregen, aber ich glaube, dass es schon lange an der Zeit ist, dass ihr erfahrt, was wirklich passiert ist und vielleicht könnt ihr ja etwas daraus für eure eigenen Beziehungen lernen, damit ihr nicht die gleichen Fehler macht."

Sie sahen einander an, jede mit ihren eigenen Gedanken beschäftigt und ich hatte den Eindruck, dass sie zugleich Angst und ein Hochgefühl empfanden. Ich fuhr fort.

"Ich war sehr damit beschäftigt, ein neues Kabinett zusammenzustellen und musste oft zu den Konferenzen der Vereinten Nationen nach New York wegen der Irak-Krise. Wenn ihr Euch erinnert, vor vier Jahren war ich fast nie zu Hause. Wie dem auch sei, eure Mutter und ich haben uns immer häufiger gestritten. Na ja, nicht wirklich gestritten, es war eher so, dass sie wütend und frustriert war und mir klipp und klar gesagt hat, was in ihr vorgeht, und ich habe still vor mich hingelitten. Das machen wohl die meisten Männer, wenn sie mit einer Beziehungskrise konfrontiert sind." Er schloss die Augen und reiste zurück in die verschwommene Vergangenheit und erzählte seine Seite dieser Geschichte, so wie er sie erlebt hatte, und versuchte auch Marys Gedanken und Perspektive genauso wie seine Eigene miteinzubeziehen. Er sah die Bilder wieder deutlich vor sich. Bilder, die er in den letzten zwei Jahren völlig ausgeblendet hatte. Bilder, die ihn immer noch schmerzten, die ihm sogar noch mehr Schmerz bereiteten, weil er bisher nicht den Mut aufgebracht hatte, ihnen ins Gesicht zu sehen.

Sei der Berg
Sei das Meer
Sei der Baum
Sei glücklich
Sei das Licht
Sei der Schatten
Sei der Regen
Sei du selbst
Sei

15. Kapitel

"John, ich weiß sehr wohl, unter welchem Druck du stehst, das musst du mir nicht erklären. Ich stehe übrigens auch ziemlich unter Strom, ich bitte dich nur darum, einmal hinzusehen, was gerade mit unserer Beziehung passiert. Du, ich und unsere Familie. Wann hast du das letzte Mal etwas mit unseren Mädchen unternommen? Wann sind wir das letzte Mal zusammen ausgegangen? Und jetzt fang bloß nicht an, Sicherheitsmaßnahmen und den ganzen Mist vorzuschieben, das hat dich früher auch nicht gejuckt, wenn wir uns unerkannt zu einem kleinen, schummrigen Italiener davongeschlichen haben oder heimlich an den Lake Eucumbene gefahren sind, um bei unserer Blockhütte zu fischen. Wann haben wir eigentlich das letzte Mal miteinander geschlafen?"

Ich fühlte mich schrecklich, obwohl ich wusste, dass sie recht hatte. Wie kann ich ändern, was ich fühle? Als ob eine Mauer zwischen uns ist. Ich höre ihre Stimme, sehe, wie sie ihre Lippen bewegt, kann sogar ihren Duft riechen, nach dem ich normalerweise ganz verrückt bin. Aber ich kann ihr nicht sagen, was in *mir* vorgeht, selbst, wenn ich es wüsste.

"Mary, ich weiß, was in dir vorgeht, wirklich!"

"Na fabelhaft, du bist also nicht nur der australische Premierminister, du kannst auch Gedanken lesen!"

"Nein, ich versuche nur, dir zu sagen, wie ich die ganze Situation erlebe."

"Dann sprich über deine *eigenen* Gefühle und nicht über meine!", schrie sie. Ihre Augen verengten sich zu Schlitzen und ihre Lippen wurden schmal. Ich wusste, dass die Situation eskalieren und alles nur noch schlimmer werden würde. Ich warf einen Blick auf die Uhr und sah, dass ich schon spät dran war für den nächsten Termin. Das brachte das Fass zum Überlaufen. Mary explodierte förmlich.

"Okay John, ich habe schon verstanden. Du hast mal wieder keine Zeit für mich. Vielleicht habe ich ja auch keine Zeit mehr für dich. Schönen Tag noch!"

Als sie zur Tür stürmte, streiften ihre Haare mein Gesicht. Sie knallte die Tür zu und das klickende Geräusch ihrer Absätze verhallte allmählich auf dem Korridor. Ich schloss die Augen und versuchte mich für das nächste Parlamentsmeeting zusammenzunehmen.

Mary ging nach draußen zu ihrem Auto, sperrte die Tür auf und setzte sich hinters Steuer. Sie nahm ein paar langsame und tiefe Atemzüge, und versuchte, beim Ausatmen die Spannung loszulassen. Diese Übung hatte sie vor vielen Jahren gelernt, als sie noch Aikido unterrichtete. *Anscheinend funktioniert es nicht, dachte sie. Wahrscheinlich funktioniert es für jeden anderen, nur nicht für mich. Warum versteht er denn nicht, was hier gerade mit uns passiert? Ich liebe ihn so sehr, und ich bin mir sicher, er liebt mich auch, aber er ist so in seiner Arbeit gefangen, und tut nichts, um da rauszukommen. Klar, er war immer ein bisschen schwerfällig, auf der einen Seite so ein wunderbarer Politiker, erfolgreich, bei allen beliebt, er hat richtig was bewegt. Auf der anderen Seite steckt er so in seinen Gefühlen fest – oder sollte ich besser Gefühl-Losigkeit sagen? Ich sehe so oft, wie er von seinen Beratern und Kabinettsmitgliedern manipuliert wird, anstatt seiner eigenen Intuition zu vertrauen und an sich selbst zu glauben. Stattdessen lässt er sich manipulieren. Ich weiß auch, dass er unter dieser Distanz zwischen uns leidet, aber ich bin nicht seine Therapeutin. Ich brauche meine ganze Kraft und Energie, damit zuhause alles gut läuft, mit den Kindern in der Schule alles klappt und ich zugleich meine Arbeit in der Kanzlei geregelt kriege. Aber es ist zwecklos, sich zu beklagen, es gibt so vieles, was getan werden muss und die Arbeit kann schließlich nicht warten.*

Sie bog in die Hauptstraße ein und fuhr zur Kanzlei Grant und Garvey, wo sie als Anwältin für Gesellschaftsrecht arbeitete.

Als sie in ihr Büro kam, rief Sharon, ihre persönliche Assistentin: "Mary, Mr. Garvey möchte sie gerne in seinem Büro sprechen. Jetzt gleich!"
Mary wandte sich nach rechts und klopfte an die schwere Eichentür zum Büro ihres Chefs.

"Mary, wie geht es Ihnen? Alles in Butter auf'm Kutter? Sie stöhnte innerlich auf. Sie mochte ihren Boss ja, aber was sie überhaupt nicht an ihm leiden konnte, war sein salopper Umgangston, den er immer an den Tag legte.

"Danke, gut, Tom. Und wie geht es Ihnen?"

"Prächtig, prächtig, Mary! Schätze mal, Sie wundern sich, warum ich Sie sprechen wollte. Folgendes: Wir wollen Ihnen einen Vorschlag unterbreiten. Wie Sie wissen, macht der gute Patrick ja nächsten Monat den Abgang hier, um in den Wohlverdienten zu gehen. Sie wissen auch, dass wir nach einem neuen Kanzleipartner Ausschau halten. Um auf den Punkt zu kommen: Wir wollen Ihnen eine Position als vollwertige Partnerin in der Kanzlei bei uns anbieten, selbstredend mit allem Pipapo. Sie müssen natürlich nicht sofort unterschreiben und ihr Schicksal besiegeln. Denken Sie drüber nach, reden Sie mit John und teilen Sie mir morgen ihre Entscheidung mit. So, jetzt aber ab ins Büro und ziehen Sie uns ein paar dicke Goldfische an Land!"

Sie ging in ihr Büro zurück und ließ sich in ihren Sessel fallen - zugleich sprachlos und in Hochstimmung.

"Mary, das ist ja fantastisch. Ich hoffe, du nimmst das Angebot an!" John war völlig begeistert.

"Um ehrlich zu sein, John, ich weiß gar nicht, ob ich genügend Energie und Zeit dafür habe. Vor allem wegen der Mädchen, es ist so wichtig für sie, dass ich Zeit mit ihnen verbringe. Kanzleipartnerin zu sein, bedeutet automatisch längere Arbeitszeiten. Einiges kann ich natürlich zuhause in meinem Arbeitszimmer erledigen, aber es gibt auch immer wahnsinnig viele Konferenzen und Meetings, bei denen ich Präsenz zeigen muss."

"Vielleicht können wir ja mit Consuela sprechen, sie kümmert sich wirklich gern um unsere Mädchen, sie sind fast wie eigene Töchter für sie und nachdem sie und Brian ja keine Kinder bekommen können, würde sie vielleicht gerne ab und zu einspringen."

"John, wie immer, ganz der Politiker. Na schön, ich werde Consuela fragen, ob sie bereit wäre, mehr Zeit mit Sarah und Caroline zu verbringen. Und wenn die beiden auch einverstanden sind, dann werde ich es machen."

Johns Stimme klang weicher, als er fortfuhr, seinen beiden Töchtern die Geschichte zu erzählen, wie ihre Mutter so erfolgreich in ihrem Beruf als Anwältin wurde. Aber Mary und er zahlten einen hohen Preis dafür: Die Beziehung, so wie sie war und die zunehmende Distanz zu akzeptieren, was zur Folge hatte, dass ihre gemeinsame Zeit und Liebe immer weniger wurde.

"Wir haben uns immer öfter und heftiger gestritten und ich wusste innerlich, dass wir auf eine Katastrophe zusteuerten. Tief in meinem Herzen spürte ich auch, was wir tun konnten, um die Situation zu verbessern. Hätten wir doch nur die ganzen Schuldzuweisungen und Ängste beiseitegelassen, die wir beide empfanden. Wir hätten alles mit anderen Augen sehen können. Wenn wir uns nur dessen bewusst gewesen wären, was wir beide kreiert haben, hätten wir eine Lösung für all unsere Probleme finden können.

Jedes Mal, wenn ich nach Hause kam, sah ich, wie ihr beiden versucht habt, tapfer zu sein und nicht zu zeigen, was in Euch vorgeht. Eure Mutter hat so gut es ging versucht, alles hier zusammenzuhalten und ich war völlig damit beschäftigt, Australien vor dem finanziellen Untergang zu bewahren." John sah seine beiden Töchter an, die neben ihm im Gras saßen und in deren Augen Tränen schimmerten. Er sah ihre Traurigkeit, aber er konnte auch den Zorn hinter ihren Tränen spüren, etwas das er in der Vergangenheit niemals hatte fühlen können. Er blickte über die sanften Wellen auf der Wasseroberfläche hinweg und fuhr fort.

„Eure Mutter hat rapide an Gewicht verloren und oft über Erschöpfungszustände geklagt. Bei der jährlichen Vorsorgeuntersuchung haben die Ärzte den Knoten in ihrer linken Brust entdeckt. Und dieser winzige Knoten hat unser Leben völlig verändert. Wir haben alles versucht, um die Wahrheit von Euch fernzuhalten, das Wort Krebs war in eurer Gegenwart tabu. Wir haben sogar Joan dahin gehend beschworen, ihr loses Mundwerk zu halten und kein Sterbenswörtchen zu verraten. Alles, was wir euch gesagt haben, war, dass eure Mutter krank war, aber dass alles gut werden würde. Das hat solange funktioniert, bis als Folge der Chemotherapie Marys Haar ausfiel. Caroline, dann hast du

Bescheid gewusst. Weißt du noch, was du gesagt hast, als du erkannt hast, was wirklich los war?"

„Ich habe wohl so was wie 'Mum, bitte lass' uns nicht mit Dad alleine' gesagt."

„Ja, mein Schatz und das hat mich mehr verletzt, als ich jemals zugeben konnte. Allein nur der Gedanke, dass eure Mutter sterben könnte und dass wir alle ohne sie weiterleben müssten, war mir schon unerträglich. Niemals wieder ihre Stimme zu hören, niemals wieder zu sehen, wie sie zum See hinunterläuft. Alleine im Bett zu liegen, ohne die Wärme ihres Körpers zu spüren. Aber auch der Gedanke, dass du und Sarah Angst davor hatten, mit mir allein zu bleiben, war völlig niederschmetternd."

„Dad, das stimmt doch gar nicht. Ich hatte gar keine Angst davor, mit dir alleine zu sein. Ich dachte nur, dass es zu viel für dich wäre, zugleich die Welt zu retten, *und* dich um Sarah und mich zu kümmern. Du hast das alles ganz falsch verstanden." John sah seine älteste Tochter an und ihm war schrecklich zumute.

„Und ich habe die ganze Zeit über geglaubt, dass du gedacht hast, dass ich gar nicht fähig wäre, mich um Euch zu kümmern und dass ihr aus irgendeinem Grunde Angst vor mir hattet. Warum hast du mir das nicht früher gesagt?"

„Wir konnten doch gar nicht normal mit dir reden, Dad. Du warst immer schwer beschäftigt, müde oder hast dicht gemacht. Wir haben uns ganz schön verloren und allein gelassen gefühlt. Klar, Joan, war immer da, aber sie ist schließlich nicht unser Vater."

John dachte an andere Situationen in der Vergangenheit, als er nicht wirklich zugehört oder verstanden hatte, was seine Töchter ihm sagen wollten. Und er dachte auch an all die unzähligen Situationen, wo er Mary nicht zugehört hatte.

E-Motionen bewegen die Welt

16. Kapitel

Mary lag alleine in ihrem Bett in der Krebsklinik von Sydney. Sie hing am Tropf und bekam die Infusion für ihre Chemotherapie. Sie war wütend, und zugleich unendlich traurig und einsam. *Er hat es wieder getan! Jedes Mal, wenn er kommt, versuche ich mit ihm über die Zukunft zu sprechen, worauf er sich vorbereiten soll, wenn ich sterbe; über die ganzen Gefühle in mir, was ich ihm sagen möchte, was in mir vorgeht, und was tut er? Er schottet sich ab und streut Puderzucker über diesen ganzen verdammten Mist, um ja nicht hinsehen zu müssen, was hier wirklich gerade passiert. Ich liebe ihn so sehr, aber ich fühle mich so hilflos. Immer, wenn ich in sein Gesicht sehe, ist da die Angst, bei sich zu schauen, was in ihm vorgeht, seine Gefühle zu spüren und Verantwortung für die Veränderungen zu übernehmen, die gerade vor sich gehen. Ich wünsche bei Gott, dass er lernt, sich wieder selbst zu finden. Er sieht aus wie ein gebrochener, alter Mann, aber immer, wenn ich ihn bei Interviews im Fernsehen sehe, vermittelt er den Eindruck, dass er alles total im Griff hat.*

Sie fühlte sich sehr müde, schloss die Augen und

schlief bald darauf ein.

„Mary, Mary, wach auf, wach auf!" Mary sah um sich. Sie fand sich auf einem großen Stein am Flussufer wieder, es sah so aus, wie jene Stelle, an die sie und John immer zum Angeln gingen. Neben ihr saß ein junges Aborigine-Mädchen mit rätselhaften Augen und einem geheimnisvollen Lächeln auf den Lippen. „Man nennt mich das Mädchen mit den neun Zehen und ich bin gekommen, um Dir zu helfen. Du weißt, dass du schon bald die Schwelle zum Traumland überschreiten wirst. Ich habe Kunde davon, dass du dich sorgst, was in der Zukunft mit deinen Töchtern und deinem Mann geschehen wird, wenn du nicht mehr länger im Land des Lichts verweilen kannst." Mary war sehr überrascht, dass dieses kleine fremde Wesen, das sich *das Mädchen mit den neun Zehen* nannte, soviel über ihre tiefsten innersten Gedanken wusste. Sie konnte nicht anders, als einen Blick auf ihre Füße zu werfen, um zu sehen, ob sie wirklich nur neun Zehen hatte. Da erinnerte Mary sich, worüber sie und John vor Jahren in Coober Pedy gesprochen hatten und was dort geschehen war.

„Ich werde deinen Mann wieder an die Quelle seines wahren Wesens führen. Viele Gezeiten werden ins Land gehen und auf seinem Weg muss er viele Herausforderungen bestehen. Durch die Veränderungen in seinem Glaubenssystem wird die Beziehung zu euren Kindern liebevoller und tiefer werden. In der Tat wird er sich sogar seiner Kraft zu lieben bewusster werden und er wird den Mut finden, seine Gefühle zu zeigen. Aber bevor wir, die aus dem Traumland kommen, John all das lehren können, ist es notwendig, dass du ihm den ganzen Kummer und Schmerz vergibst, den er dir zugefügt hat. Das bedeutet nicht, dass er freigesprochen oder unschuldig ist, es bedeutet nur, dass du deinen Zorn und deine Enttäuschung loslässt, damit du wieder so frei und leicht wie der Adler in den Lüften bist. Dann kannst du getrost in Freiheit und Reinheit auf die andere Seite fliegen. Sei dir gewiss, dass wir John zur Seite stehen werden und ihn mit allem nötigen unterstützen werden, damit er *Turawwa, der mit dem Herzen führt,* wird. Auch bitten wir dich darum, dass du diesen Traum tief in deinem Herzen hältst, ohne John auch nur ein Wort darüber zu sagen. Sei nun frei! Sei du das Licht! Sei die Freude selbst!"

Mary nahm den leisen Piepton des Infusionsautomaten wahr, der sie mit Medikamenten versorgte. Sie versuchte zu verstehen, was das alles zu bedeuten hatte. Gerade, als sie ihren Kopf langsam zur Tür hin drehte, kam John herein. Er setzte sich in den Plastikstuhl neben ihrem Bett und nahm ihre Hand in die Seine.

„John, ich möchte mit dir reden. Hör mir einfach zu und bitte keinen Streit, keine Verteidigungsmanöver und kein drohendes Schweigen, in Ordnung?"

„Ok, Mary, ich werde mein Bestes versuchen." Seine Stimme zitterte beinahe unmerklich.

„Wir müssen den Tatsachen ins Auge zu sehen, John, das ist die dritte Phase meiner Chemotherapie. Ich habe immer noch Metastasen in der Leber und in meinem Lymphsystem. Ich wiege nur noch 46 Kilo, ich habe Blutungen, wenn ich auf die Toilette gehe und mein Immunsystem ist völlig zerstört. John, ich sterbe. Wenn ich nicht mehr hier bin, wirst du mit zwei Teenagern allein sein, die erst elf und sechzehn sind. Ich weiß, du hast ein enormes Arbeitspensum und trägst eine hohe Verantwortung im nationalen und internationalen Bereich. Du wirst oft nicht zu Hause sein können. Ich hoffe sehr, dass Consuela und Joan dir helfen werden. Ich habe mit ihnen gesprochen und sie werden ihr Bestmögliches tun, um dich, Sarah und Caroline zu unterstützen. Ich kann wirklich sagen, dass sie in guten und liebevollen Händen sind. Aber ich mache mir große Sorgen um *dich*!"

„Liebling, du musst dir keine Sorgen machen. Ich kann gut auf mich aufpassen", sagte er eine Spur zu hastig. Es klang nicht sehr überzeugend.

„Mein Schatz, ich weiß, dass du auf dich aufpassen kannst. Du kannst kochen, weißt, wie man Auto fährt und eine Krawatte bindet. Aber davon rede ich gar nicht." Mary hielt kurz inne und atmete tief durch. Durch das Fenster sah sie die sanften silbernen Wellen in der Bucht, den Strand von Bondi der golden im Licht der Sonne lag und sie glaubte beinahe das Lachen und die Rufe der Menschen dort unten zu hören, so frei und sorglos. Mühsam sprach sie weiter.

„John, erinnerst du dich noch an all die Jahre, in denen wir so jung und unbeschwert kreuz und quer durch Australien gereist sind? Wir waren glücklich und voller Lebensfreude. Weißt du noch, als wir in Coober Pedy waren? Es war ein ganz besonderer Abend. Das Licht der untergehenden Sonne tauchte die Wüste in magisches Rot und Orange. Es war so still, dass man glaubte, den Atem der Erde zu hören. Wir fühlten uns einander so nahe und eine tiefe spirituelle Verbundenheit. John, weißt du noch, worüber wir gesprochen haben?"

John räusperte sich: „Ja, wir haben darüber geredet, wie wichtig es ist, dem anderen seine Gefühle mitzuteilen und ehrlich miteinander zu sein, auch wenn es manchmal weh tut. Wenn ich mich recht erinnere, haben wir außerdem darüber gesprochen, wie wichtig es ist, einander zu respektieren und bereit zu sein, dem anderen zu verzeihen, wenn man verletzt wurde, so was in der Art, meine ich ..."

„Eben, John, und wir sind jetzt genau in dieser Situation. In den letzten Jahren haben wir uns voneinander entfernt. Auf der einen Seite fühle ich mich schuldig, weil ich die Partnerschaft in der Kanzlei angenommen habe, aber auf der anderen Seite reden wir sowieso kaum noch miteinander. Du bist fast wie ein Fremder für unsere Töchter. Ja, ich bin verletzt und wütend, es gibt Momente, wo ich Dir am liebsten ins Gesicht schlagen würde. Und dann will ich dich wieder in meine Arme nehmen und dir sagen, dass alles gut wird. Sogar jetzt, wo ich gegen den Krebs kämpfe, gab es Zeiten, wo ich dich so dringend gebraucht hätte, und du warst nicht da. Natürlich, körperlich warst du anwesend, aber das war's dann auch schon. Aber wo war deine Seele, wo war dein Herz? Manchmal habe ich Groll gespürt, ich habe dich sogar gehasst, aber immer war da dieses kleine Licht in meinem Herzen, das mir sagte, *Ich liebe dich* - und dieses Licht ist niemals erloschen. Was ich dir aber sagen wollte, ist etwas aus einem Traum, den ich letzte Nacht hatte!" John hielt seine Tränen zurück und musste den Impuls unterdrücken, sie zu unterbrechen. „Ich verzeihe dir all die Schmerzen, die du mir zugefügt hast, John. Das heißt nicht, dass alles vergessen ist und dass ich verstehe, warum du deine Liebe zu mir so verschlossen hast. Ich weiß zwar nicht warum, aber das alles spielt keine Rolle mehr. Ich will einfach nur diesen Zorn und diese Härte in meinem Herzen loslassen, an denen ich viel zu lange festgehalten habe, damit du und ich, wir beide, endlich wieder zeigen können, dass wir einander lieben."

„Liebling, ich weiß gar nicht, was ich sagen soll. Ich bin traurig, dass wir zugelassen haben, dass alles so schwierig und kompliziert zwischen uns geworden ist. Wenn du nicht die Beförderung in der Kanzlei angenommen hättest, dann wäre jetzt vielleicht alles ganz anders." „Genau das meine ich!" brach es wütend aus Mary heraus. „Du schaust dir einfach deinen Anteil an dem Ganzen nicht an. Immer bin ich an allem schuld und du bist ein unschuldiger Mistkerl! Gott, ich bin so wütend auf dich!" Sie fiel in ihr Kissen zurück und rang nach Atem. Ihre Lippen liefen blau an und ihre Augen waren voller Tränen. Der Alarm auf einem der Monitore blinkte rot auf und John drückte voller Panik den Klingelknopf, um die Krankenschwester zu rufen. Er rief nach Hilfe und konnte nicht aufhören, zu weinen.

Kämpfe um zu gewinnen
Kämpfe für Frieden
Kämpfe damit du
niemals wieder kämpfen musst

17. Kapitel

„Und seitdem sind die Tränen in meinem Innersten nicht mehr versiegt. Ich habe mir einfach nicht genügend Zeit genommen, hinzuhören, was mir die Tränen sagen wollten. Ich gab mir die Schuld daran, dass eure Mutter so gestorben ist, dass sie geschrien hat und sogar mit ihrem letzten Atemzug noch versucht hat, mir etwas über mich selbst beizubringen."

Alle drei schwiegen und waren in ihrer eigenen Gedankenwelt gefangen. Es gab keine Antworten, keine Entschuldigungen und keine Erklärungen. Es war einfach nur so, wie es war. Und niemand konnte etwas daran ändern. Den Rest des Tages verbrachten sie damit, über Vergangenes zu sprechen und Missverständnisse aus der Welt zu schaffen. Es war ein sehr besonderer Tag für die ganze Familie. Zum ersten Mal lernten sie, offen und ehrlich miteinander zu sein. Sie hielten nichts zurück, nur die Schuldzuweisungen und gaben alles, was sie hatten, um aufeinander zuzugehen. Jeder von ihnen wusste, dass dies nur der Anfang war und sie hatten alle dasselbe Gefühl: Dass Mary bei ihnen war und dass die Sonne, die ihre Strahlen in ihre kleine Welt schickte, sie den ganzen Tag lang wärmen würde.

Er lag wach in seinem Bett und dachte über den Tag mit seinen Kindern nach. Als er sich an den Moment erinnerte, als Joan runter zum Wasser gesegelt kam, musste er unwillkürlich lächeln. Sie hatte in die kleine Runde geblickt:

„Ich kann dazu nur sagen, dass es höchste Zeit war. Vielleicht können wir jetzt endlich mal wirklich *leben*, anstatt in der Vergangenheit festzuhängen und nur über das Leben zu sprechen. Ich habe übrigens gerade meine Spezialität, Schokokuchen Lamington mit Schlagsahne zubereitet. Von euch möchte wohl niemand was, oder?"

Wir mussten alle lachen, vielleicht ein wenig zu laut. Es schien beinahe so, als ob die Luft um uns herum nicht daran gewöhnt war, richtig glückliche Stimmen zu hören. Dann gingen wir alle in das Haus zurück, das unser Zuhause war.

Lebe voller Leidenschaft

18. Kapitel

John schloss die Augen.

Er stand alleine im Busch, barfuß, nackt bis auf ein Tuch um die Hüften. Es war heiß und kein Laut war zu hören. In der einen Hand hielt er einen Speer, in der anderen einen flachen, runden Stein. Er stand vollkommen reglos und wartete. Auf dem Pfad kroch eine Goanna-Echse träge auf ihn zu. Ihr Kopf ging wiegend hin und her, die blaue, gespaltene Zunge schnellte unablässig hervor und kostete die Luft. Langsam erhob John den Arm, mit dem er den Stein hielt, und hielt den Atem an. Ihm schien es, als ob die Welt in diesem Augenblick stillstand. Ohne den geringsten Zweifel, sein Ziel zu verfehlen, warf er den Stein. Er traf den Goanna am Kopf und zugleich schleuderte er den Speer, der die dicke Haut am Hals des Reptils durchbohrte, und es fiel tot auf den staubigen Boden. John ging auf das leblose Tier zu, kniete nieder und tauchte zwei Finger in das Blut, das aus dem Hals seiner Beute strömte. Er malte zwei Linien auf seine Stirn und sprach leise ein kleines Dankgebet für die Seele des Goanna. Er blickte hoch. Vor ihm stand der *Gefiederte*:

„*Turawwa*, willkommen zurück in unserem Land".

John schüttelte den Kopf, als wollte er sich von Spinnweben befreien und blickte auf den Goanna: „Was habe ich nur getan, noch nie in meinem Leben habe ich ein lebendiges Wesen getötet. Ich halte mich für einen Pazifisten und trotzdem habe ich gerade eine arme, hilflose Kreatur getötet, ohne mit der Wimper zu zucken".

Der Gefiederte packte die Echse am Schwanz und hob sie vom Boden auf. Sie war gut einen Meter lang. Er betrachtete das Tier und sah dann zu John. „Das ist deine nächste Lektion, *Turawwa*. Die Seelen, die sterben, erhalten den Krieger am Leben, sodass er weiterhin für Freiheit und Gerechtigkeit für die Menschen, die er liebt, kämpfen kann. Ein Krieger kennt keine Grenzen. Du hast bereits gelernt, deiner inneren Stimme zu vertrauen, an deine ureigene Kraft zu glauben und den Mut zu haben, deine Gefühle auszudrücken. Aber ein Krieger geht sogar noch weiter. Die Verbindung zu deiner Vergangenheit schenkt dir Wissen und verschafft dir Zugang zu deinen Träumen und Visionen, um dein Leben zu gestalten. So wie du gerade den Geist des Goanna erlegen konntest, obwohl du noch nie zuvor einen Speer geworfen hattest. Ein wahrer Krieger lebt im ewigen Frieden. Er kennt weder Krieg noch Kampf, weder Hass noch Vorurteil, und auch keinen Zorn. Dennoch besitzt er die größte aller Waffen, die Kraft der Leidenschaft.

Wenn das Feuer der Leidenschaft einmal entfacht ist, brennt es immer weiter fort. Aber darüber hinaus bringt es auch Licht ins Dunkel und spendet Wärme, wo Kälte herrscht. In der Vergangenheit hast du deine Leidenschaft unterdrückt, aus Angst, jemanden zu verletzen. Das ist zwar deine Erfahrung, aber das ist nicht die Realität. Tatsächlich ist nämlich genau das Gegenteil wahr: Wenn du deine Leidenschaft nicht zeigst, dann bist du nicht fähig, etwas von dir selbst zu geben. Und wenn du nichts von dir preisgibst, entsteht ein Gefühl der Leere in deinen Liebsten und du fügst ihnen Schmerz zu. Ein Krieger weiß nicht, was *aufgeben* heißt. In dem Moment, wo er seine Vision erkennt, sind seine gesamte Lebenskraft, seine Gedanken und seine Gefühle auf die Erfüllung dieses Ziels hin ausgerichtet und keine irdische Kraft kann ihn davon abbringen.

Aber wahrscheinlich ist die stärkste Waffe, die ein Krieger jemals besitzen kann, die Kraft zu lieben. Du hast bereits viel über die Liebe gelernt und wirst später auf deiner Suche noch mehr darüber lernen und auch, was wahre Liebe wirklich bedeutet, aber jetzt ist es nur wichtig für dich zu wissen, dass die Liebe zum Leben die Kraft ist, die dich nährt, das Licht, das dir den Weg weist und die Armee, die an deiner Seite kämpft".

John hörte ein lautes Geräusch, das wie ein Donnerschlag klang und im nächsten Augenblick waren der Gefiederte und der Goanna verschwunden. John stand wieder allein in einem fremden Land.

„Hey, *Turawwa*! Wie sieht's aus? Bist du bereit, zu lernen, wie man den Speer wirft, oder willst du weiter in der Sonne brutzeln?" John drehte sich um. Wie aus dem Nichts stand da Wootara neben einem riesengroßen Ameisenhaufen. Er trug zwei Speere und eine Woomera unter dem Arm. John sah ihn ungläubig an und glaubte seinen Ohren kaum zu trauen.

„Wootara, wie schön dich wiederzusehen, mein Junge!"

„Ich bin nicht dein Junge, ich bin dein Lehrer. Halt den Mund und höre, was deine nächste Herausforderung sein wird. Nur ein richtig geworfener Speer trifft sein Ziel. Nicht nur dein Ziel muss gut gewählt sein, sondern auch der Zeitpunkt. Eine gerade Linie führt direkt von deinem Auge zu deinem Ziel. Der Speer ist die Verlängerung deiner Hand und die Woomera die Verlängerung deines Armes. Benutze deinen Atem und zähle die Schläge deines Herzens. Pass genau auf …"

Wootara nahm das Stück Holz, das er unter dem Arm trug. Es hatte die Form eines länglichen Ovals mit einer kleinen Kerbe an einem Ende und auf der Unterseite eine Stelle, wo man die Woomera in der Hand halten konnte. Er steckte den Speer in die Kerbe, sodass er gerade auf der Oberfläche auflag, hielt den Griff fest und holte mit dem Arm aus. Der junge Krieger zielte auf den Teebaum, der in etwa zwanzig Meter von ihm entfernt stand. Wootara atmete tief ein und schleuderte den Speer, als er laut ausatmete. Der Speer löste sich von der Woomera und flog gerade und zielgenau durch die Luft und traf den Baumstumpf, der in der Hitze flirrte.

„Einen Speer zu werfen ist dasselbe, wie ein Ziel vor Augen zu haben, wenn du zu deinem Stamm sprichst. Der erste Schritt ist, dein genaues Ziel zu kennen und das, was du den anderen verständlich machen möchtest. Halte es in deinen Gedanken, deinem Herzen und mit deinen Augen fest. Der nächste Schritt ist es, völlig fokussiert und reglos zu sein, atme tief ein. Zähle deine Herzschläge und atme aus, wenn du beim zehnten Herzschlag angelangt bist. Lasse deinen Speer der Worte fliegen und schicke mit deinem Atem deine Lebenskraft hinterher. Dein Körper folgt dem Speer, bis du schließlich wieder auf beiden Füßen landest, mit etwas mehr Gewicht auf dem rechten Fuß. Ein Krieger drückt durch die Sprache seines Körpers aus, was er fühlt. Das, was er fühlt, muss mit seinen Gedanken und seiner Seele im Gleichgewicht sein. Er muss gut und richtig zielen, sonst wird der Speer nicht von seinem

Gegenüber angenommen werden und ihn nicht ins Herz treffen. Das Herz ist der Ort, worauf du immer zielen musst und es niemals verfehlen darfst.

John verstand ganz genau, was dieser Junge ihn lehrte und war zutiefst beeindruckt von der Weisheit und Klarheit seiner Botschaft. Er ging zu seinem jungen Lehrer hin und nahm den anderen Speer und die Woomera aus dessen kleinen mit Narben übersäten Händen in Empfang. Er schloss seine Augen und verinnerlichte das Bild des Baumes. Als er die Augen wieder öffnete, steckte er das Ende des Speers in die Kerbe der Woomera, hielt die Speerschleuder fest umklammert und holte aus. Mit leichtem Druck zielte er mit der Speerspitze auf den Baum. Er atmete tief ein und beim zehnten Herzschlag ließ er das Geschoss mit einem kraftvollen Schrei los. Der Speer schlug drei Meter neben dem Baum auf einem Felsen auf. „*Turawwa*", sagte Wootara in einem ungewohnt höflichen Tonfall, „du hast gut gezielt, dein Atem und dein Herzschlag waren völlig im Einklang. Dein Körper hat wie ein wahrer Krieger getanzt. Dieses Mal hast du noch nicht ins Herz getroffen, aber mit der Zeit und mehr Übung wirst du dein Ziel nicht mehr verfehlen. Du hast gelernt, den Speer zu werfen."

Wootaras Stimme wurde schwächer und verklang in der Ferne. Die Landschaft um ihn herum veränderte sich. Alles verwandelte sich in nebliges Gelb und die letzten Worte, die er hörte, waren: „In deinem nächsten Traum wird der Pfad des Kriegers dich weiterführen."

Aus der Küche drang frischer Kaffeeduft nach oben ins Schlafzimmer. John setzte sich auf und wiederum ließ er seinen Traum an sich vorüberziehen. Er erinnerte sich an jedes Bild, an jedes Wort. Sogar seine Schulter schmerzte leicht, so, als hätte er einen Speer geworfen.

Wohlstand ohne Liebe
ist wie ein Baum ohne Wurzeln

19. Kapitel

Er genoss das Frühstück mit seinen Töchtern. Sie stellten ihm viele Fragen über die Vergangenheit und er hatte das unbestimmte Gefühl, dass sie mehr darüber wissen wollten, wie er früher war und weniger darüber, wie Mary gestorben war. Betrübt nahm er außerdem wahr, dass er niemals zuvor so mit seinen Kindern gesprochen hatte: Offen, ehrlich und ohne Umschweife.

John stieg aus dem Wagen und zum ersten Mal seit Jahren verspürte er keinerlei Bedürfnis, in sein Büro zu gehen.

Als er den Verwaltungsbereich betrat, stand Mrs Simmons hinter ihrem Schreibtisch auf und lächelte ihn an. „Guten Morgen, Sir! Bevor Sie zum Tagesablauf übergehen, würde ich ihnen gerne etwas … ich habe Ihnen was mitgebracht." Sie erschien ihm sehr nervös und unsicher. John hatte sie in all den Jahren ihrer Zusammenarbeit noch nie so erlebt. Sie griff in eine der enormen Schubladen und nahm ein kleines Kissen heraus. Es war mit einem goldenen Herzen bestickt, unter dem stand: *Führe mit mutigem Herzen.* „Sir, das ist für Sie: Ich habe es selbst gemacht. Bis jetzt hatte ich nie den Wunsch, Ihnen ein Geschenk zu geben, aber in den letzten Wochen habe ich eine Veränderung in Ihnen wahrgenommen. Ich habe am Wochenende das Bedürfnis verspürt, das für Sie zu machen. Ich hoffe, es gefällt Ihnen." Sie drückte ihm das kleine rote Kissen in die Hand, setzte sich wieder an den Computer und fing an, in auffallend schnellem Tempo zu tippen. Die Farbe ihres Gesichts wurde beinahe so rot wie das Kissen.

„Ja, also ... vielen Dank Mrs. Simmons. Es ist sehr hübsch und es wird einen Ehrenplatz in meinem Arbeitszimmer bekommen. Dann werde ich jedes Mal, wenn ich es anschaue, an Sie denken."

Mrs. Simmons wurde noch röter und John ging in sein Büro. Er setzte sich an den Schreibtisch und machte sich Notizen für das Meeting, das er für all seine Berater, Assistenten und anderen Parlamentsangestellten einberufen hatte. Er hatte ein Ziel vor Augen, das Ziel den ganzen Verwaltungsapparat zu entschlacken. Er wusste sehr wohl, dass er auf Widerstand stoßen und vielleicht sogar auf Aggression treffen würde. Er dachte bei sich: *Ehrlich gesagt, habe ich es bis über beide Ohren hin satt: All die Unehrlichkeit, Intrigen und Uneinigkeit in diesem System. Ich will dieses Land mit meinem Herzen führen. Warum können wir nicht einfach offener und ehrlicher miteinander umgehen und über die Probleme und Schwierigkeiten sprechen, die wir haben. Nicht nur hier, mit der Organisation, sondern auch über unser Gefühl der Unzulänglichkeit, der Unsicherheit, darüber, nicht genug zu tun, manchmal empfinde ich sogar Hoffnungslosigkeit. Feedback ist der Nährstoff für wahre Sieger! Wir brauchen eine neue Arbeitsethik: Zusammenarbeit ohne Neid, Eifersucht, Hass oder Missverständnisse. Das heißt, dass mehr Austausch und mehr Kommunikation stattfinden*

muss. Aber das bedeutet natürlich auch, dass wir ein Forum mit einer Atmosphäre schaffen müssen, wo Leute ungehindert ihre Ideen ausdrücken und neue Konzepte und Innovationen entwickeln können, um die Lebensqualität auf diesem Kontinent entscheidend zu verbessern.
John hielt inne und nahm sich einige Minuten Zeit, um sich vorzustellen, wie die Dinge in Zukunft aussehen würden, wenn diese Ideale Wirklichkeit sein würden. Er sah Menschen, die autark und zu Selbstversorgern wurden, ihre eigenen Geschäfte eröffneten und so neue Arbeitsplätze schafften. Er sah die Rückkehr von Kleinunternehmern und Genossenschaftsläden, wo Menschen ihre Ideen und Produkte auf einer humaneren Ebene verkaufen konnten, ganz ohne Einkaufszentren und Multi-Konzerne. Der allgemeine Gesundheitszustand verbesserte sich, weil die Menschen sich selbst durch Naturheilkunde, komplementäre Medizin oder die Kraft ihrer Gedanken heilen konnten. Das Gesundheitswesen war privatisiert, Manager und Angestellte arbeiteten Hand in Hand, um einen Ort zu schaffen, wo Gesundheit vorrangig war und nicht Krankheit. Ein Ort, wo herkömmliche Medizin mit Homöopathie, chinesischer Medizin und der Heilkunst des australischen Urvolkes koexistieren konnte. Er sah ein Land voller Windmühlen, mit Solarenergie-Projekten und anderen regenerativen Energiezentren, wo die Atmosphäre nicht mit Kohlendioxid vergiftet wurde. Er sah ein Land, das seine Flussläufe, Strände und Wälder wieder regenerieren konnte, damit das natürliche Gleichgewicht wieder hergestellt wurde und alles wachsen und gedeihen konnte. Er sah Aborigines und andere ethnische Gruppen, die in vollkommener Harmonie mit allen anderen Menschen lebten und arbeiteten. Er sah ein Land voller glücklicher und zufriedener Menschen, die stolz darauf waren, Australier zu sein.

John ging in sein *Mut zur Veränderung!*-Meeting mit

einem Gefühl der Unbeschwertheit und war sich seiner Vorschläge sehr sicher. Er verbrachte vier Stunden damit, hitzige Diskussionen zu führen und mit seinen Leuten zu reden. Der Widerstand war stark und die Angst vor Veränderungen sehr groß. Am Ende kam schließlich ein Gefühl von Einheit und Hoffnung auf, aber John zahlte einen hohen Preis dafür. Er musste mehrere Mitglieder seines Kabinetts entlassen, einige dieser Leute hatte er einmal zu seinen Freunden gezählt, aber jetzt waren sie nur noch wütende unglückliche Ex-Mitarbeiter. *Noch vor wenigen Wochen hätte ich niemals zu glauben vermocht, dass ich mein Volk so führen würde. Es ist so, wie einen Kampf gegen eine unsichtbare Armee zu kämpfen. Der einzige Weg, zu gewinnen ist es, konsequent zu sein, ohne Kompromisse und halbherzige Versprechungen, ein Ansatz, der jeglichem Gesetz von Diplomatie und politischen Schachzügen widerspricht. Das, was das Mädchen mit den neun Zehen Harte Liebe nennen würde.* Er schloss die Tür zu seinem Büro und war bereits voller Vorfreude, einmal mehr den Pfad zum Fluss hinunter zu gehen.

Freundschaft ist ein Baum
der Schatten spendet
wenn die Sonne zu heiß ist
uns Nahrung bietet
wenn wir hungrig sind
uns Stärke gibt
wenn der Wind zu einem
Sturm heranwächst
und Stille schenkt
wenn Verwirrung
die Oberhand gewinnt

20. Kapitel

„Jetzt ist es an der Zeit, auf den nächsten Stein zu springen, *Turawwa*. Es ist der Stein der Freundschaft." John starrte auf das Wasser hinaus, als er der fremdartigen Stimme des Mädchens lauschte und sich wunderte, woher sie nur all ihre Weisheit nahm. Er konzentrierte sich wieder darauf, was sie sagte. „Freundschaft ist ein ganz besonderer Schlüssel, den du brauchst, um dir Türen zu neuen Welten und Erfahrungen zu erschließen. Ein Freund an deiner Seite ist wie ein Spiegel, der dir das, was du tust und sagst, bewusst macht. Hüte dich vor einem Freund, der dir immer nur gefällige Komplimente macht, denn im Gegenzug wird er von Dir erwarten, dass auch du ihm gefällig bist. Ein guter Freund ist zugleich dein bester und schärfster Kritiker. Er kennt dich in- und auswendig und hat den Mut, Dir zu sagen, was er wirklich denkt. In mancherlei Hinsicht ist eine Freundschaft sogar wichtiger, als eine Liebesbeziehung zwischen Mann und Frau. Kein Neid, keine Eifersucht und kein

Scheidungsverfahren, wenn die Wege sich trennen. Du bist nun an einer Wegkreuzung angelangt. Der Pfad, dem du folgst, wird schwieriger werden und viele Menschen werden versuchen, dir Steine in den Weg zu legen. Einige werden sogar versuchen, dich durch ihre Gefühle, Gedanken und Taten zu verletzen. Auch wenn du diesen Weg alleine beschreiten musst, so wirst du doch Unterstützung, Kraft und Gleichgesinnte brauchen, die dich auf dem Weg zum Erfolg begleiten werden. Der Zeitpunkt ist gekommen, deine Freunde um dich zu versammeln. Einige von Ihnen haben sich in der Vergangenheit, als du so verschlossen warst, vernachlässigt gefühlt. Aber sie warten immer noch geduldig darauf, dass du sie einlädst, ein Teil deiner Zukunft zu sein. Alles, was du tun musst, ist, ihre Namen zu rufen. Vergiss nicht, *Turawwa*, Freunde sind das Wasser und der Nährboden, den du brauchst, damit der Baum deiner Visionen wachsen kann. Ohne sie werden die Wurzeln vertrocknen und verkümmern. Freundschaft ist niemals einseitig, es ist ein Gleichgewicht aus Geben und Nehmen. Ohne Ansprüche und ohne Verpflichtungen, nur durch eure Herzen seid ihr spirituell miteinander verbunden und das ist es, was wir Liebe nennen. Freiheit, Vertrauen und der Glaube aneinander sind die Herzensbänder, die wahre Freundschaft wachsen lassen."

John blickte die kleine Gestalt auf dem Felsen an. Sie lächelte ihm zu und erhob zum Abschied die Hand. Er nahm den Weg, der auf den Laufpfad führte. Er war tief in Gedanken versunken, und sann über das nach, was sie zu ihm gesagt hatte. Einerseits fühlte er sich hoffnungsvoll und positiv bestärkt, andererseits war er unsicher und voller Zweifel. Sobald er auf dem Pfad angelangt war, schloss er die Augen und suchte den Ort in seinem Inneren, der ihn inspirieren und führen sollte. Sofort fühlte er sich ausgeglichener. Sein Körpergewicht verlagerte sich mehr auf den rechten Fuß und er fühlte sich sicher, fest und stabil. „Woher weiß ich das nur? Wahrscheinlich benutzt sie Schwingungen, um mich zu manipulieren, diese kleine Hexe", murmelte er vor sich hin.

Die beiden Männer, die Dienst hatten, um für seine Sicherheit zu sorgen, stürmten auf ihn zu. „Sorry, Boss, wir haben Sie wohl mal kurz im Unterholz verloren. Zeit zum Aufbruch?" John nickte und folgte seinen Männern zum Wagen.

Die Welt ist ein
Spielplatz
Lasst uns spielen
anstatt Kriege zu führen

21. Kapitel

Eine Woche später saß John in seinem Büro und dachte über all die Dinge nach, die passiert waren, seit er zum letzten Mal mit dem Mädchen gesprochen hatte. Am Dienstag hatte er ein Meeting mit Brian, John Catterall, Außenminister, Peter Billingham, Minister für Industrie, Tourismus und Wirtschaftliche Entwicklungsmöglichkeiten und Geoff Brown, Kultusminister für Bildung, Wissenschaft und Forschung organisiert. Er kannte diese Männer seit vielen Jahren und er konnte ihnen sein Leben anvertrauen. Diese Männer waren seine Freunde.

Peter Billingham räusperte sich „John, wir wissen ja nicht wirklich, was in den letzten paar Wochen mit dir geschehen ist, aber um ehrlich zu sein, hatten wir schon seit geraumer Zeit das Vertrauen in dich verloren. Mit den Jahren hast du dich verändert. Du warst mal wie ein Elefant im Porzellanladen, voller Schneid und Kraft. Und wir haben dich respektiert. Sicher, du hast manchmal einen auf einsamer Wolf gemacht, aber wenigstens haben wir gewusst, was deine Ziele und Visionen waren. Irgendwann, und ich weiß, ich habe das in den letzten drei Jahren oft gesagt, haben wir dich verloren – oder du hast uns verloren."

Alle anderen, bis auf Brian nickten zustimmend, während Peter sprach. Geoff paffte an seiner Meerschaumpfeife. John blickte auf seine Hände. Brian warf durch seine gewölbten, buschigen Augenbrauen schroffe Blicke in die Runde.

„Wir haben versucht, dieses leckgeschlagene Schiff durch eine Rezession, einen Krieg und steigende Arbeitslosenquoten auf Kurs zu halten. Es gab Zeiten, da haben wir uns allein gelassen gefühlt, im Senat und in den staatlichen Behörden. Und auch wenn unser Käpt'n nicht immer auf der Brücke stand, haben wir doch einen anständigen Job gemacht. John, wir sehen wohl, was du durchmachst. Marys Tod, der Verlust deines Selbstvertrauens und der ganze Ärger zu Hause. Aber wenn wir dieses verdammte Schiff vorm Untergang retten wollen, müssen sich eine ganze Menge Dinge ändern. Die ganzen Pläne und Umsetzungsvorschläge, die du ausgeteilt hast, das unvergessliche Meeting mit dem gesamten Gremium und deine Reden vor dem Parlament, erinnern mich ganz an den alten John. Die Veränderungsvorschläge, die du unterbreitet hast, sind drastisch und auch du veränderst dich drastisch. Ich kann nicht genau sagen, was es ist, aber es gefällt mir." John Catterall blickte prüfend in die Runde.

Brian lächelte wissend und nippte an seinem Tee. Geoff feixte: „Mein Gott, John! Hör auf, so gestöpselt daherzuschwallen und red' doch endlich mal normal. Wir kennen einander seit über zwanzig Jahren und du redest, als ob John der australische Premier ist und nicht unser bester Freund." John wurde puterrot und schwieg. „Du warst ein verdammt harter Knochen in den letzten Jahren. Sprichst kaum mit uns, kommunizierst nur durch amtliche Verlautbarungen. Du bist ziemlich durch den Wind und deine diplomatischen Fähigkeiten laufen nur noch in Zeitlupe ab. John, ich mag und respektiere dich sehr, das weißt du. Du weißt gar nicht, wie froh ich bin, dass du das Ruder wieder in die Hand genommen hast und dass du endlich wieder aufrecht stehst, anstatt am Boden zu liegen. Ich weiß auch nicht, was du so treibst, bist du beim Psychoklempner? Bist du erleuchtet? Oder ist dir der Heilige Geist begegnet? Ich weiß nur Eines: Verdammt gut, dass du wieder zurück bist! Will noch jemand ein Bier?" Er griff in seine riesige, uralte, abgetragene Aktentasche und reichte die Flaschen herum. Jeder lachte und die Begeisterung nahm kein Ende. John erzählte die ganze Geschichte seiner Begegnung mit dem Mädchen und Brian fügte hinzu, was er ausgelassen hatte. Alle hörten aufmerksam zu, nur kurz unterbrochen durch den Koch, der eine riesige Platte mit Fisch und Fritten mit Tomatensoße und Mayonaise brachte, die Brian augenscheinlich vorbestellt hatte. Als John damit endete, was das Mädchen über Freundschaft gesagt hatte, konnten sich die anderen nicht länger zurückhalten. „Auf wahre Freundschaft!", rief John und beim Anstoßen fielen sie alle ins Gelächter ein. Auch wenn allen fünf Freunden leicht und heiter ums Herz zumute war, so wussten sie doch ohne jeden Zweifel, dass ein langer Kampf vor ihnen lag, ein Kampf gegen Zyniker, alte und neue Feinde und die Opposition.

„Ihr wisst gar nicht, wie dankbar ich für eure Freundschaft und Unterstützung bin. Ihr seid alle vier wie Brüder für mich. Brüder, die sich verbündet haben, um dieses Land zu verändern. Als ich das Mädchen zum ersten Mal traf, hat sie mir gesagt, dass ich lernen muss, mit dem Herzen zu führen. Ich habe das Gefühl, dass ihr meine Herzensstränge seid, die mein Herz im Rhythmus eines vereinten Australiens schlagen lassen."

„Jetzt mach mal halblang, Kumpel!", rief Geoff. „Wir sind ja schließlich nicht zum Händchenhalten hier oder um uns deine erleuchteten Reden reinzuziehen, wie man die Welt verändern kann. Wir sind hier, um zusammen zu kämpfen und was auch geschieht, ich weiß, dass man in einem Kampf am besten einen Freund zur Seite stehen hat. Und du hast hier vier von uns. Die grade in deinem Büro ein Bierchen zischen und deinen sauteuren Merinowollteppich mit Tomatensoße bekleckern. Also, machen wir, was dein Mädchen da unten am Fluss gesagt hat und lasst uns verdammt noch mal Spaß bei der ganzen Sache haben." Alle lachten und hinter dem Black Mountain ging die Sonne am Ende eines Tages unter, der für alle sehr besonders war.

John ging an diesem Abend nach einem guten Abendessen mit seinen beiden Töchtern früh schlafen. Er schloss die Augen und seine Gedanken wanderten zu seinen Freunden zurück. Er konnte ihre Stimmen hören und beinahe ihren Geruch wahrnehmen, als seine Gedanken hinüber in einen anderen Raum und in eine andere Zeit glitten.

Die Vergangenheit ist das Tor zu einer besseren Zukunft

22. Kapitel

Dieses Mal war der Busch sehr viel dichter, ein undurchdringliches Gestrüpp aus Bäumen, dicken Banksia-Büschen mit ihren tiefroten Zylinderputzerblüten und Akazien, die um das Sonnenlicht wetteiferten, das nur schwach auf den Waldboden fiel. Das Licht war noch nicht ganz da, aber er konnte um sich herum schon deutlich alles erkennen. Die rauschenden Farben des Busches, tiefrot, bernsteingelb und jenes satte rotbraun, das sich manchmal sogar im Schwarzen verlor. Auf dem Erdboden bot sich ihm ein Schattenspiel dar, Muster, die je nach Lichteinfall zu Kreisen, Spiralen und sich windenden Schlangen wurden, verwandelten die Erde in ein Kaleidoskop von tanzenden Schatten und Formen, die ihn immer tiefer in ihren magischen Bann zogen. Er war wie hypnotisiert von dem unaufhörlichen Wechselspiel von Licht und Schatten, das sich wandelte und wirbelte, bis der Boden unter ihm sich plötzlich auftat und er in schwarze Tiefe stürzte.

Er fiel tiefer und tiefer, seine Kleidung flatterte im

Wind, er schloss die Augen und bereitete sich darauf vor, zu sterben. Als er gerade daran dachte, was Caroline und Sarah wohl ohne ihn anfangen würden, wenn er starb, spürte er, wie sein Fall langsamer wurde und er festen Boden unter den Füßen bekam.

„John, wo warst du? Ich warte schon seit einer Ewigkeit. Der Film fängt gleich an."

Als ich Marys Stimme hörte, verschlug es mir den Atem. Sie stand unter der rot-blauen Leuchtreklame des Civic Cinemas, wo wir in unserer Anfangszeit immer hingegangen sind. Mehr, um uns heimlich zu treffen, als um die Filme zu sehen.

„Entschuldige Liebling, in der Wentworth Avenue war alles dicht. Wir brauchen noch die Karten, bevor der Film anfängt." Hand in Hand gingen wir zur Kasse. Ich bezahlte zwei Karten für den ersten Rang. Auf dem Weg dorthin kauften wir uns noch Cola und eine Packung Toffifee. Als wir es uns in den Sitzen gemütlich gemacht hatten, legte ich ihr sehnsüchtig den Arm um die Schulter und atmete tief den Duft ihres Parfüms ein. Ich flüsterte ihr ins Ohr. „Mary, ich werde dich bis in alle Ewigkeit lieben." Sie flüsterte zurück:

„Und ich werde dich sogar noch länger lieben."

Es wurde einer dieser amerikanischen Kunstfilme à la *Under Milk Wood* gezeigt, aber für Mary und mich war der Film auch nicht wirklich wichtig. Für uns zählte nur, dass wir zusammen und nicht mehr als zehn Zentimeter voneinander entfernt waren. Auf dem Weg zurück zum Auto redeten wir über den Alltag an der Universität, über meine Mutter, die sich entweder von meinem Vater scheiden lassen oder ihn umbringen wollte und darüber, wann wir heiraten wollten. Es war eine laue Sommernacht, die Straßen waren regennass und der vertraute Geruch von nassem Asphalt lag in der Luft. Dunst stieg von der Straße auf und ließ diese Nacht wie eine

Szene aus einem alten Humphrey Bogart-Film wirken, was Mary sehr gefiel. Als wir eng umschlungen zum Parkplatz gingen, spürte ich den Gleichklang unserer Körper.

„John, wohin möchtest du eigentlich in unseren Flitterwochen fahren?" Der sinnliche Klang ihrer Stimme riss mich aus meinem Wachtraum und brachte mich wieder in die Wirklichkeit zurück.

„Was hältst du von Coober Pedy?" sagte ich, ohne auch nur nachzudenken.

„Das ist eine wunderbare Idee. Dann kannst du mir zeigen, wo du geboren und aufgewachsen bist, eure Farm und die Schule, in die du gegangen bist. Coober Pedy ist so ein schöner Ort – und es gibt dort jede Menge Opal-Läden."
Ich lächelte. „Ok, Liebling, ich werde alles organisieren, vielleicht können wir ja in einem der unterirdischen Hotels wohnen."

„Kommt nicht in Frage!" Sie schüttelte energisch den Kopf. „Du vergisst, dass ich klaustrophobisch werde, wenn ich in abgeschlossenen Räumen schlafe. Was hältst du von einem Wohnmobil? Mein Vater kennt einen Verleih, wo wir günstig eines bekommen können. Dann können wir uns Zeit lassen und da bleiben, wo es uns gefällt. Das ist so romantisch! Und das ist sehr wichtig, wenn man in den Flitterwochen ist, meinst du nicht auch, John Raymond Macmilan?"

Ich errötete leicht, blickte in ihre tiefblauen Augen und murmelte in bester Bogart-Manier: „Wie könnte ich Dir jemals widerstehen?" Sie sah mich an, umarmte mich stürmisch und gab mir mitten vor dem Civic Center einen leidenschaftlichen Kuss.

Die nächsten Wochen flogen nur so dahin. Ich erhielt meinen Abschluss in Politologie und Handel von der staatlichen Universität, Mary und ich heirateten in der Allerheiligen-Kirche, meine Mutter reichte die Scheidung ein und wir hatten alles vorbereitet, um in unserem kleinen, aber höchst romantischen Wohnmobil nach Coober Pedy zu fahren. Am Morgen unserer Abreise standen wir zeitig auf. Durch das Küchenfenster sah ich die aufgehende Sonne über dem Mount Ainslie und ich wusste, es würde ein ganz wunderbarer Tag werden, voller Sonnenschein und aufregender Erlebnisse. „John, hast du die Kamera und den Film eingepackt? Und den Reservekanister fürs Wasser? Liegen die neuen Landkarten, die ich letzte Woche gekauft habe, im Handschuhfach?"

„Liebes, alles ist gepackt und organisiert. Entspann dich ein bisschen, leg die Füße hoch und schnall' dich an! Südaustralien, wir kommen!" Langsam rangierte ich rückwärts aus der Einfahrt. Die Dimensionen dieses Gefährts waren noch recht ungewohnt für mich. Mary legte eine Hand auf meinen Oberschenkel und mit der anderen öffnete sie die Straßenkarte.

„Entspannen? Wie soll ich mich denn bei deinem schlechten Orientierungssinnn entspannen? Ich muss dir doch sogar sagen, wo's langgeht, wenn wir nur für einen Tag an den Cotter-Damm fahren!", scherzte Mary fröhlich.

Als wir auf den Highway fuhren, schweiften meine Gedanken zurück in die Vergangenheit, zu dem Ort, wo ich meine Kindheit verbracht hatte. Uns gehörte eine kleine Farm jenseits der Opalfelder. Ich erinnerte mich an die Tiere, die wir hatten: Hühner und Schafe – jeden Frühling half ich meinem Vater beim Scheren. Und natürlich unser Hund Frosty, ein ziemlich mürrischer Samojede, der sich niemals ganz daran gewöhnen konnte, den trockenen gelben Staub anstatt frisch gefallenen Schnee zu schlucken. Ich erinnerte mich an das Aborigine-Lager, wo viele meiner Freunde lebten, an den Geschmack meiner ersten Witchetty-Made und wie ich lernte, den Bumerang zu werfen und das Didgeridoo zu spielen.

Vor allem aber erinnerte ich mich an Waraala, sein Federgewand und seine Körperbemalung aus ockerfarbenem Erdschlamm, der mir beibrachte, die Woomera zu benutzen und den Bumerang zu werfen. Ich erinnerte mich an die Geschichten aus der Traumzeit, die er immer erzählte und den erdigen Geruch seiner Haut. Wir fuhren den ganzen Tag über und gegen Abend holte mich die Vergangenheit erneut ein. Marys Stimme brachte mich in die Gegenwart zurück.

„John, fahr die nächste Ausfahrt rechts raus, dann sind es noch 25 Meilen, bis wir an eine Brücke kommen. Vielleicht können wir beim Fluss eine Rast einlegen!"

„Das ist eine wunderbare Idee, mein Schatz. Ich werde allmählich müde und wir haben noch gut 200 Meilen vor uns."

Eine alte Holzbrücke führte über einen kleinen Flusslauf. Ich kannte ihn nicht und sein Bett war ausgetrocknet. Auf einer Uferseite standen drei Trauerweiden, die der Hitze trotzten.. Auf der anderen Seite war eine kleine ebene Stelle, wo wir unser Wohnmobil parken konnten. „Das sieht großartig aus!", rief ich, als ich das ausgetrocknete Flussbett inspizierte. Nichts außer Sand und Steinen. Ein paar Bäume und Büsche, die in der sengenden Hitze gegen die Trauerweiden ums Überleben kämpften. Mary trat neben mich und legte mir den Arm um die Hüfte.

„Ist es nicht wunderschön? So viel Raum und Freiheit, unverdorben und rein – einfach magisch!"

„Spricht hier gerade die Anwältin oder die Dichterin? Aber du hast recht, es ist, wie am Anbeginn der Zeit zu stehen. Das Land, gänzlich unberührt von menschlicher Hand, unverändert, es scheint beinahe so, als hielte die Erde ihren Atem an, um die Zeit am Weiterlaufen zu hindern. Ich erinnere mich an die Farben und Formen zu der Zeit, als ich ein Junge war und barfuß über unser Land lief. In den Felsen und Ameisenhaufen konnte man die Gestalt von Menschen und Tieren entdecken und wenn der Wind aufkam, hörte man beinahe die Lieder der Ahnen. Die Ältesten erzählten immer von einem ganz besonderen Wesen, das die Leben von Menschen verändern konnte. Sie nannten es *Das Mädchen mit den neun Zehen*. Die Aborigines sagten, dass sie immer dann erschien, wenn eine große Veränderung in unserem Land bevorstand. Sie sprach zu den Ältesten, den Stammesführern und lehrte sie, die richtigen Entscheidungen zu treffen, indem sie auf ihr Herz hörten."

„Wie gerne würde ich dieses Mädchen einmal treffen, aber wahrscheinlich muss ich dafür die erste Premierministerin von Australien werden, damit sie mir ihre Aufmerksamkeit schenkt."

„Wer weiß schon, was die Zukunft für uns bereit hält, sagte das Mädchen mit den neun Zehen." Wir mussten beide lauthals über meinen albernen Scherz lachen und die Kakadus in den Trauerweiden flatterten in den stahlblauen Himmel empor.

Wir entzündeten ein kleines Feuer und setzten einen Teekessel auf und da saßen wir und redeten bis tief in die Nacht hinein. Wir übernachteten am Ufer des alten, trockenen Flusses und bevor ich einschlief, lauschte ich für eine lange Zeit den Geräuschen des Busches: Den Zikaden, die unablässig ihre Lieder zirpten und dem heißen trockenen Wind, der die Spinifexgräser raschelnd über die Ebene trieb. Im frühen Morgenlicht weckte uns das Gelächter eines Kookaburra und rief uns ins Bewusstsein, wohin wir unterwegs waren. Um sieben brachen wir auf, um die letzten 200 Meilen bis zu unserem Bestimmungsort zurückzulegen.

„John, warum hast du eigentlich nie zuvor die Geschichte vom Mädchen mit den neun Zehen erwähnt? Du hast mir von all den anderen Geschichten aus der Traumzeit erzählt, die du als Kind am Lagerfeuer bei deinen Aborigine-

Freunden gehört hast, nur diese eine hast du mir nie erzählt. Warum?"

„Keine Ahnung, Liebes, scheint mir irgendwie entfallen zu sein und ich habe mich erst kürzlich wieder an sie erinnert. Es ist eine ganz besondere Geschichte, die ihre eigenen Traumpfade hat und niemand scheint wirklich ihre Bedeutung zu kennen. Waraala hat immer gesagt, dass dieses Mädchen über die Brücke zwischen Traumzeit und Wirklichkeit gehen konnte, das ist so, wie zugleich mit dem Bewusstsein und dem Unterbewusstsein zu denken. So, als ob man einen Dialog führen würde, damit man seine eigene Zukunft mit dem was man weiß, gewusst hat und im nächsten Augenblick wissen wird, erschaffen kann. Durch diese Form der Realität war man in der Lage, die Zukunft zu verändern, noch bevor sie passiert ist. Das klang alles ziemlich kompliziert, vielleicht habe ich es deshalb all die Jahre verdrängt. Ich sah zu Mary hinüber und sie hatte einen sonderbaren Ausdruck im Gesicht. Sie lächelte mich an:

„John, weißt du, warum ich dich liebe?"

„Nein, Liebling, sag' es mir."

„Was du auch tust, und wie lange du es auch versuchst, du kannst einfach deine Gefühle nicht verbergen. *Das, was ich an Dir am meisten liebe, ist deine Seele. Eines Tages wirst du diesem Teil von Dir begegnen und dann weißt du, dass du zu Hause bist.* John! Vorsicht, da ist eine Schlange auf der Straße!"

Schnell riss ich das Lenkrad herum und hatte nach kurzer Zeit das Wohnmobil wieder unter Kontrolle. „Weshalb habe ich nur die Konzentration verloren? Dieses Mädchen, dem ein Zeh fehlt, scheint allmählich ein Teil unserer Flitterwochen zu werden. Ich hoffe mal, sie hat sich's nicht schon auf dem Rücksitz gemütlich gemacht!"

Kurz darauf trafen wir auf dem Campingplatz von Coober Pedy ein. Als wir in die Einfahrt bogen, konnte ich andere Wohnmobile und Wohnwagen sehen. Auf dem großen Platz wimmelte es nur so von Menschen. Hier gab es alles, was das Herz der Kunden begehrte: Einen Andenkenladen, einen Supermarkt und sogar das Café *Opal*, wo man unter farbenfrohen Sonnenschirmen Tee und Bier trinken konnte. Ich sah zu Mary. In ihrem Gesicht konnte ich genau das lesen, was ich auch dachte. Ich legte den Rückwärtsgang ein, wendete und fuhr zurück auf die Straße. "Nicht zu fassen, Mary. Ich hatte keine Ahnung, dass alles so dermaßen *modern* geworden ist. Tut mir leid. Ich hatte einen Platz in Erinnerung, wo man fast wild campen konnte, mit Bäumen und Büschen anstatt Plastik und Biertischen. Weiter hinten gab es einen kleinen Bach, der manchmal sogar Wasser führte." Mary lachte nur.

„Ach John, das macht doch nichts. Lass' uns einfach in den Busch fahren, vielleicht dahin, wo du aufgewachsen bist und da gibt es bestimmt auch einen Platz, wo wir ein Lager aufschlagen können. Und wenn wir Wasser brauchen, oder die Batterie aufladen müssen, können wir ja in die Stadt fahren!"

Es waren fünfzehn Jahre vergangen, seit ich nach Canberra gegangen war, aber es fühlte sich wie fünfzehn Tage an. Alles war unverändert: Die Straßen, die Geschäfte, die Pubs, und die Läden der Opalhändler. Allein der Campingplatz schien sich verändert zu haben. Als ich die Hauptstraße entlangfuhr, hatte ich das Gefühl nach Hause zu kommen, aber zugleich fühlte ich mich auch wie ein Fremder in einem fremden Land. Beinahe schien es so, als hätte ich etwas hier gelassen und müsste nun noch einmal zurückkommen und es mitnehmen, um einen Kreis zu schließen, etwas, das mir in der Zukunft helfen würde. Bald schon kamen wir zu einer lang gezogenen Flachebene, die sich bis zum Horizont hin erstreckte, nur hie und da unterbrochen von den kegelförmigen Hügeln, die das

Kennzeichen der Opalminen waren. Ich schaltete den Motor aus und um uns herum war nichts als vollkommene Stille, eine tiefe und bedeutungsvolle Stille. Es war die Stille von *Kupa Piti*, wie die Aborigines diesen Ort nannten, *Weißer Mann in einem Loch*. „Das ist einfach atemberaubend, ich kann mich noch vage daran erinnern, wie still es hier immer war. Nichts lenkt einen von den eigenen Gedanken ab. Es ist, als ob der Busch einen lehrt, nach innen zu gehen und zu lauschen. Weißt du, was ich meine?"

„Wie ... was hast du gesagt, Liebling? Entschuldige, ich war so völlig hingerissen von der Stille und der Landschaft, ich habe nicht alles gehört, was du gesagt hast. Es ist einfach unglaublich, wie am Horizont der Himmel die Erde berührt, rot an rot. Ich kann gar nicht sagen, wo das Land endet und der Himmel beginnt. Ich kann den Staub riechen und noch einen anderen Geruch, fast wie Salbei. Diese Stille ist wie die im Inneren einer gewaltigen Kathedrale, ein Ort, wo man den Geist spürt, ja sogar noch viel mehr: *Der Ort, an dem die Ahnen wohnen*.

Wir kletterten aus dem Wohnmobil und suchten nach Feuerholz. Alles war trocken und immer noch warm, wenn man es berührte, auch wenn die Sonne tausende von Meilen entfernt mit der Erde verschmolz. Bald schon knisterte das Feuer und wir setzten uns auf eine Decke, um den Sonnenuntergang zu beobachten. Ein Vorhang in orange, rot und gelb aus verblassendem Licht fiel auf die brennende Erde nieder.

„Weißt du, wenn wir hier so sitzen, muss ich einfach über die Vergangenheit nachdenken. In meinem Kopf ist alles ein wenig durcheinander. Es waren so viele verschiedene Einflüsse von vielen unterschiedlichen Seiten. Auf der einen Seite war da die Arbeit auf der Farm zusammen mit meinem Vater und meinen Brüdern. Mein Vater war sehr streng und unser Alltag war voll mit Regeln, Pflichten und Verantwortung. Auf der anderen Seite waren da die Alten und Waraala. Wie oft habe ich zu seinen Füßen auf der warmen Erde gesessen und dem Klang seiner Stimme und den Erzählungen und Metaphern aus der Traumzeit gelauscht, über die Traumpfade und natürlich vom Mädchen mit den neun Zehen. Erinnerst du dich noch, dass ich dir erzählt habe, wie ich mit zwölf beinahe an einer entzündlichen Herzkrankheit gestorben wäre und wie Waraala zu unserem Haus kam und mir abscheuliche Tees eingeflößt hat? Wie er mich in Trance versetzt hat, damit ich den Geistheilern begegnen konnte? Und dann, nach drei Wochen, öffnete ich die Augen. Ein neuer Tag war angebrochen, die Sonne schien und ich glühte nicht mehr vor Fieber. All diese Erinnerungen sind irgendwie verwirrend, sie fließen ineinander über, wie ein Bildteppich der Vergangenheit, der aus den Fäden von Traum und Wirklichkeit gewebt wird. Ich kann zwar den größeren Zusammenhang sehen, aber dort, wo ich schwimmen gehe, gibt es eine ganze Menge Löcher. Es ist, wie ein Teil der Erde zu werden. Ich fühle diese starke Verbindung zu einer Macht, die ich nicht in Worte fassen kann. Und doch gibt mir diese Kraft Stärke und Klarheit, sie lehrt mich, meinen Gefühlen und meiner Intuition zu vertrauen, an mich selbst und die Liebe in meinem Herzen zu glauben. Aber irgendwie habe ich mich durch die Zeit in Canberra von diesem Bewusstseinszustand entfernt. Ich gehe jetzt selten innerhalb der Traumpfade schwimmen, mein Alltag ist voll gestopft mit Vorlesungen, Prüfungen und der Realität. Dann nehme ich wahr, wie ich mich verändere, ich werde ruhelos und faul und fange an, mich schuldig zu fühlen oder anderen die Schuld zu geben. Ich rationalisiere alles mit meinem Verstand, anstatt auf mein Herz zu hören. Hierher zurückzukommen, hat mich daran erinnert, woher ich komme und wo meine Wurzeln sind. Hier mit dir zu sein, ist für mich so, wie dich meinen anderen Eltern vorzustellen, dem Ort, an dem ich aufgewachsen bin und ich frage mich, ob du diesen Ort ebenso liebst, wie ich und ob auch du diese Verbindung spürst und gleichzeitig habe ich Angst, dass du denken könntest, dass ich verrückt bin oder einen Sonnenstich habe."

„John, ich weiß, was dir dieser Ort bedeutet. Du bist hier geboren und ich spüre, dass du hier viel Weisheit und Wissen erlangt hast. Ich verstehe einiges von dem, was du sagst, und der Rest ist für mich wie ... wie in einen Spiegel zu schauen und zu versuchen, herauszufinden, was sich hinter dem Glas verbirgt. Ich kann zwar das Spiegelbild sehen, aber ich stehe außerhalb. Du und verrückt? Ich weiß, dass du verrückt bist! Gerade deshalb liebe ich dich so sehr." Sie warf mir ihr magisches Lächeln zu und ich legte noch ein Holzscheit ins Feuer. „Ich spüre auch eine Kraft, die von dieser Erde hier ausgeht. Ähnlich wie Schwingungen, die in der Luft vibrieren, aber du kennst mich ja, ich bin ein Kopfmensch. Ich muss etwas faktisch in der Hand halten, bevor ich sagen kann, ich weiß, was das ist. Ich bin eine Realistin und du bist ein Träumer, aber wahrscheinlich verstehen wir uns gerade deshalb so gut." Sie lehnte den Kopf an meine Schulter. Der Geruch des Rauchs mischte sich mit dem Duft ihres Haarshampoos. Wir unterhielten uns, sahen wie die blutrote Sonne unterging, sprachen über unsere Beziehung, über Liebe und darüber, dem anderen die eigenen Gefühle mitzuteilen, auch wenn es wehtun konnte. Bald saßen wir nur noch einträchtig am Feuer und genossen unser Zusammensein und die Stille. Ich blickte in das Feuer und sah, wie der weiße Rauch sich verdichtete und beinahe menschliche Gestalt anzunehmen schien. Es sah aus, wie ein Mann der mit gekreuzten Beinen saß und die Arme in die Seiten gestemmt hatte. Eine Stimme flüsterte durch die

Flammen zu mir: „Willkommen zu Hause, John. Viele Gezeiten sind vergangen, seit diese alten müden Augen dich zuletzt gesehen haben."

„Waraala!", rief ich aufgeregt, und warf kurz einen Blick in Marys Richtung, um mich zu vergewissern, dass sie nicht in Ohnmacht gefallen war. Ich rannte auf meinen alten Freund zu, nahm ihn vorsichtig in die Arme und spürte seine spitzen, zerbrechlichen Knochen, die sich unter dem viel zu weiten T-Shirt abzeichneten. Er tätschelte mir sachte über den Rücken.

„John, mein Sohn! Ich bin aus guten Grunde hier. Es gibt etwas, das ich dich noch lehren muss. Du wirst es zwar in der Zukunft vergessen, aber wie ein Bumerang wird es zu dir zurückkehren, wenn in deinem Leben der Zeitpunkt kommt, wo du an der Kreuzung zwischen Erfolg und Scheitern stehen wirst." Er rief Mary zu sich, damit sie sich neben ihn setzte.

„Du, meine Tochter, bist auch Teil dieses Gewebes aus Zeit und Raum. Ohne dich würden wir keinen Faden haben und ohne Faden wüssten wir nicht, in welche Richtung wir unsere Geschichte weiterspinnen sollen. John, wir wussten, dass du heute zurückkommen würdest und wir haben viele Gezeiten lang darauf gewartet, um dir heute Nacht das zu geben, was ich dir jetzt anvertrauen werde. Ein Mensch wird in drei Teilen geboren: Dem Körper, dem Herz und der Seele. Der Körper trägt ihn durch die Welt und schützt und nährt ihn. Die Seele führt ihn hin zum Geist der Echse im Himmel und dem Schlangenmann auf der Erde und das Herz lehrt ihn, in Liebe zu leben. Liebe bedeutet, den Mut zu haben, all deine Empfindungen und Gefühle zu zeigen ganz gleich, wo auch immer du bist und wer auch immer mit dir ist. Viele haben die Traumpfade und die Lebensweise der Alten vergessen, aber als du ein Junge warst, habe ich gesehen, dass du ein starkes Herz besitzt und das Lied in deinem Herzen hat von deiner Zukunft erzählt. Es ist mir nicht gestattet, dich wissen zu lassen, was in deiner Zukunft geschehen wird. Meine Aufgabe ist es, Dir mit einer helfenden Hand die Richtung zu weisen. Ich bin deine Vergangenheit und die Vergangenheit spiegelt sich in der Zukunft wieder. Wenn wir auf dem Pfad unseres Lebens wandern, werden wir in Situationen und Krisen geraten, wo wir das helle Licht der Sonne nicht sehen können. Stattdessen neigen wir dazu, in den dunklen Schatten von Verzweiflung und Verlust zu schwelgen. Wenn du im Dunkel stehst, kannst du den Weg zurück zur Sonne nicht mehr erkennen. Du musst dich umdrehen und dahin zurückblicken, von wo dich deine Fußspuren hergeführt haben. In eurer Zukunft werdet ihr beide dem Mädchen mit den neun Zehen begegnen. Sie wird euch führen. Schenkt ihr Gehör, und ihr werdet euch verändern, ebenso wie die Farben dieses Felsgiganten es tun, von der Morgendämmmerung bis hin zum Untergang der Sonne. John, das ist das Geschenk, mit dem mich der Kreis der Weisen zu dir gesandt hat." Er griff in seinen kleinen Bastbeutel, den er um die Schulter trug, und zog eine weiße Feder heraus. „Das ist die Feder, die dich mit deinem ZUHAUSE verbindet. Sie gehörte einst einem großen geistigen Führer, der seinem Volk den Frieden brachte. Er lehrte die Menschen ein Leben, wo ein offenes Herz auch Türen aufgehen ließ. Diese Feder wird dir die Türen öffnen, durch die du deinen Weg in die Zukunft beschreiten wirst." Er legte die Feder in meine Hand und streckte seine Arme der untergehenden Sonne entgegen.

In der Wüste kam ein Wind auf und ließ alles zu Staub werden. Mein Körper drehte sich langsam um sich selbst und wurde schließlich von der warmen Erde hochgewirbelt Als ich die Augen öffnete, schien die Sonne schwach durch mein Schlafzimmerfenster. Ich öffnete meine Hand und eine weiße

Feder flatterte im Windhauch, der durch das offene Fenster strömte. Ich schloss meine Hand um die Feder und legte sie behutsam in die oberste Schublade meiner Kommode in dem Bewusstsein, dass ich sie schon bald brauchen würde.

Folge deinen Träumen und sie werden dir folgen

23. Kapitel

„Herr Premierminister, sie belieben wohl zu scherzen.

Das kann doch nicht Ihr Ernst sein! Wie können Sie auch nur im Traum daran denken, dass unsere Ureinwohner auch nur die geringste Überlebenschance haben, wenn wir ihnen nicht Unterkünfte, Häuser und Orte zur Verfügung stellen, wo sie leben und wohnen können, wie jeder andere normale Mensch auch! Sie sagen, dass Sie ihnen ihr Land zurückgeben wollen, damit sie wie in der Vergangenheit leben können. Aber nicht nur das, sie wollen denen auch noch Geld geben, damit die Läden aufmachen können, um Speere und Bumerangs zu verkaufen und Didgeridoo-Unterricht geben können. Bis jetzt waren Sie doch mit den Hilfsprogrammen für Aborigines ganz zufrieden. Die waren sicher und unter Kontrolle. Und jetzt wollen Sie die auf freien Fuß setzen?"

„Mr. Norton, wir können die indigene Bevölkerung dieses Landes gar nicht auf freien Fuß setzen, weil sie keine

Gefangenen oder Sklaven sind, sondern freie Menschen wie Sie und ich auch. Und es ist allerhöchste Zeit, dass diese Regierung sie auch als solche behandelt. Seit über 250 Jahren haben wir hier die Rolle der Kolonialherren gespielt – diese Menschen fühlen sich nicht frei. Wir verlangen von ihnen, dass sie sich unserer Kultur anpassen, in Häusern leben, Auto fahren und für Geld arbeiten. Einige der jüngeren Generation tun das ja auch, sie besuchen sogar Universitäten und nehmen eine rechtmäßige Stellung in der Gemeinschaft ein. Aber ich rede von der anderen Seite. Von Menschen, die mit dieser Situation nicht zurechtkommen und unsere Art zu leben schlichtweg nicht verstehen. Diejenigen, die arbeitslos sind und ihre Verzweiflung in Alkohol ertränken – und warum? Ich werde Ihnen sagen, warum, Mr. Norton. Diese Menschen haben ihre geistige Heimat und ihr kulturelles Vermächtnis verloren. Ich sage, geben wir der indigenen Bevölkerung von Australien ihr Land zurück, damit sie wieder das werden können, was sie wirklich sind, *Australier*!"

Er ging an seinen Platz zurück und spürte, wie ihn die zornigen Blicke von Mr. Norton und anderen Parlamentsmitgliedern verfolgten. Aber er sah auch die strahlenden Augen seiner Befürworter und seiner Freunde und das gab ihm Kraft.

„Meine Damen und Herren dieser Regierung. Ich und jedes einzelne Mitglied unserer Partei unterstützen die Vision unseres werten Herrn Premierministers für die Gleichstellung aller Menschen, egal, welche Hautfarbe oder Herkunft sie haben. Wir sind auch der Ansicht, dass es höchste Zeit ist, dass dieses Land endlich den Mut findet, radikale Schritte hin zu einer Veränderung zu unternehmen. Auch wenn einige von uns noch immer die Urangst haben, von einem schwarzen Inferno Speer werfender Wilder heimgesucht zu werden."

„Mr. Billingham, sollte sich ihre Aussage auf mich

beziehen, fordere ich Sie hiermit umgehend auf, derartige Provokationen zu unterlassen, sonst wird das Konsequenzen haben", brüllte Mr. Norton aufgebracht.

Mein Freund Peter fuhr unbeeindruckt fort.

„Was auch immer Sie glauben wollen, Mr. Norton, *Die Landkarte ist nicht das Territorium.* Wir kämpfen nicht gegen Sie, wir diffamieren Sie auch nicht. Wir versuchen lediglich, dieses Land in einen Zustand der Integrität zu versetzen, wo die Wahrheit und der Mut anders zu sein, nichts Aussergewöhnliches, sondern Bestandteil des täglichen Lebens sind!" Geoff, Brian und John standen gleichzeitig auf und klatschten in die Hände. Viele andere Parlamentsmitglieder erhoben sich ebenfalls lächelnd und applaudierten. Ich blickte nach oben an die Wand, wo das Gemälde hing, und glaubte, im grimmigen Gesicht des Speer werfenden Aborigine den Anflug eines Lächelns zu erkennen.

Entscheide dich zu leben
anstatt zu leiden

24. Kapitel

Auf der Straße nach Coopers Crossing genoss ich einmal mehr meine Freiheit, ohne dass meine beiden Schatten mir auf Schritt und Tritt folgten. Im Rückspiegel sah ich einen kleinen weißen Lieferwagen, der aufblendete und zu einem Überholmanöver ansetzte. Ich nahm Gas weg, als das andere Auto neben mir plötzlich in meine Spur einscherte. Ich trat hart auf die Bremse, mein Auto kam zum Stehen und es roch nach verbranntem Gummi. Zwei Männer mit Sturmmasken über dem Gesicht sprangen aus dem Lieferwagen. Ich griff ins Handschuhfach, aber bevor ich meinen Revolver greifen konnte, hatten sie auch schon die Tür aufgerissen. Sie zerrten mich aus dem Auto hinüber zum Lieferwagen, der mit laufendem Motor wartete. Hinter dem Steuer saß ein dritter Mann. Einer der Männer öffnete die Rücktür und stieß mich in den Wagen. Blitzschnell presste er mir ein Stück Stoff über Mund und Nase. Ich versuchte vergeblich, mich zu wehren.

Der mandelartige, beißende Geruch von Chloroform stieg mir in die Nase. Dann verlor ich das Bewusstsein.

Ich wurde vom Motorengeräusch eines kleinen Flugzeuges wach. Mein Kopf schmerzte höllisch und mir war speiübel. Ich nahm einige tiefe Atemzüge und versuchte, mich zu entspannen und die Orientierung wieder zu erlangen. Meine Augen waren fest verbunden, ich konnte nichts sehen. Im Inneren des Flugzeugs war es heiß und stickig und ich spürte, dass noch ein oder zwei andere Leute neben mir saßen.

„Mr. Macmilan, können Sie mich hören?" Die Stimme war rau und tief.

„Ja, ich kann Sie hören. Wo sind wir? Was wollen Sie von mir? Geld? Wieviel wollen Sie?"

„Halten Sie einfach den Mund, dann passiert Ihnen nix!"

Ich spürte, wie mir wieder die Sinne schwanden. Ich schloss die Augen und glitt erneut hinüber in jene kalte schwarze Welt ohne Bewusstsein.

Es war wohl kurz nach der Landung, das Motorengeräusch verstummte allmählich und das Flugzeug kam zum Stehen. Zwei kräftige Hände packten mich unter den Armen und zogen mich aus meinem Sitz hinaus auf den staubigen Boden.

„Los, gehen Sie, bis ich Ihnen sage, dass sie stehen bleiben sollen", befahl mir die tiefe kehlige Stimme.

Der Staubgeruch des Outbacks stieg mir in die Nase und die Sonne brannte unbarmherzig auf meinen Kopf und meinen Nacken nieder. Ich fühlte mich immer noch schwach und wacklig auf den Beinen, aber ich atmete tief ein und aus und konzentrierte mich auf meine Mitte. Ich machte eine Bestandsaufnahme von der Situation. Meine Hände waren straff hinter dem Rücken gefesselt und ich konnte die Finger nicht mehr spüren. Meine Augen waren verbunden und ich hatte nicht die leiseste Ahnung, wo ich war. Meine Entführer waren zu dritt und in der Überzahl. Mein Handy lag im Auto und ich war ein verdammter Narr, dass ich ohne meine Bodyguards unterwegs war.

„Los, rein in den Jeep! Dauert nicht mehr lange, dann gibt's ein Bierchen und was zwischen die Zähne!" Sein Gelächter klang wie eine Hyäne mit Schluckauf. Nach gut einer halben Stunde waren wir an unserem Ziel angelangt. Der Jeep hielt und ich wurde wieder einmal über den Boden geschleift und in ein Haus gebracht. Es stank nach Schweiß und abgestandenem Bier. Eine Tür wurde geöffnet. Ich wurde in ein Zimmer gestoßen und jemand löste meine Fesseln. Meine Arme schmerzten und ich spürte ein nahezu unerträgliches Kribbeln. Die Augenbinde wurde mir vom Gesicht gerissen. Ich blinzelte mit meinen tränenblinden Augen und versuchte, im grellen Licht etwas zu erkennen. Hinter mir hörte ich Schritte und das Geräusch einer sich schließenden Tür. Jemand sperrte von außen ab. Nach ein paar Minuten kehrte mein Sehvermögen zurück und ich konnte Formen im Raum ausmachen: Ein Bett, zwei Stühle und ein kleiner Tisch unter einem Fenster, das mit Sperrholz abgedeckt war. Ich setzte mich auf das Bett und versuchte einmal mehr, mich innerlich zu sammeln. Ich ging in mich, und spürte jenen Ort, wo ich die Stimmen der Ahnen hören konnte. Langsam breitete sich ein Gefühl von Ruhe und Stärke in meinem Körper aus. Ich legte meine Hand auf die Brust, an jene Stelle, von der mir *das Mädchen* bei unseren Gesprächen erzählt hatte, dass sich dort unbewusste Auslöser für Klarheit und innere Stärke befanden. Irgendwie wusste ich, dass meine Entführer mich nicht mehr allzu lange am Leben lassen wollten. Als ich mich im Raum umsah, bemerkte ich einen kleinen Kassettenrecorder auf dem Tisch unter dem abgedichteten Fenster. Daneben lag ein Zettel: *Anhören!* Ich drückte den Knopf.

„Guten Abend Mr. Macmilan". Die Stimme klang schrill und langsam. Willkommen in meinem kleinen Gasthaus auf dem Land. Vielleicht fragen Sie sich gerade, was diese Leute von Ihnen wollen? Nun, ich kann Ihnen versichern: Es geht hier nicht um Geld. Wir gehören zu einer Vereinigung, die es sich zur Aufgabe gemacht hat, Australien rein und sauber zu halten. Wir glauben an den weißen reinrassigen Australier. Es ist unserer Aufmerksamkeit nicht entgangen, dass Sie neue Reformen für die Abos planen. Und gerade Sie sollten wissen, welche Gefahr diese Tiere für unsere weiße Gesellschaft darstellen.

Wir sind über sie zu Gericht gesessen und haben Ihnen den Prozess gemacht. Sie haben sich des Hochverrats an diesem unbescholtenen Land schuldig gemacht. Der Urteilsspruch lautet: die Todesstrafe. Vielleicht haben Sie es ja beim Reinkommen bemerkt: Wir sind im tiefsten australischen Busch, die nächsten Menschen leben 200 Meilen entfernt. Das hier ist die Wüste, Herr Premierminister, da draußen herrschen Temperaturen zwischen 30 und 45 Grad. Dort erwartet Sie nichts außer Sand, Felsen und der sichere Tod. Bald wird einer meiner Freunde Sie zu einem kleinen Ausflug abholen. Er wird Sie zu einem ganz besonderen Ort bringen und Sie dort zurücklassen. Sie haben nicht die geringste Chance, länger als 24 Stunden zu überleben. Sogar ihre schwarzen Abofreunde haben diesen Landstrich verlassen. Mr. Macmilan, ich möchte diese Gelegenheit noch dazu nutzen, Ihnen einen letzten inspirierenden Spaziergang im Tal des Todes zu wünschen, wo Sie zweifelsohne verrecken werden."

Kaum war das Band zu Ende, flog auch schon die Tür auf und zwei Männer kamen herein und zerrten mich brutal vom Stuhl hoch. Sie verbanden mir erneut die Augen, schleppten mich zum Jeep und zurrten mich auf dem Sitz fest. Der Mann mit der Lache einer Hyäne raunte in mein Ohr: „Fahr' zur Hölle, du Bastard!" Sein Atem stank nach Knoblauch und schalem Bier. Ich war froh, als der Jeep ansprang und losfuhr. Zuerst war die Strecke uneben und voller Schlaglöcher, aber nach einer Weile hatte ich das Gefühl, über glatten Sand zu fahren. Eine Ewigkeit schien zu vergehen, bevor der Jeep plötzlich anhielt. Ich wurde grob aus dem Sitz gerissen und zu Boden gestoßen. Als sie davonfuhren, hörte ich das höhnische Gelächter der Hyäne zwischen den Schluckauflauten. Ich riss mir den Sack, den sie mir über den Kopf gestülpt hatten, herunter und machte die Augen auf. Was ich sah, versetzte mir einen großen Schock, der sich in tiefe Verzweiflung verwandelte. Bis hin zum Horizont, nichts als Sand und Felsen, soweit das Auge reichte. Schnell drehte ich mich einmal um die eigene Achse. Der Anblick blieb derselbe. Als mein Blick auf meine Füße fiel, bemerkte ich, dass ich immer noch meine Büroschuhe trug. Ich wusste, dass sie die Hitze für eine Weile abhalten konnten, aber für wie lange? *Turawwa, folge den Traumpfaden, sie werden dir den Weg weisen.* Wenigstens funktionierte meine innere Stimme noch, dachte ich und machte mich in der brütenden Hitze auf den Weg. Während ich ging, rief ich mir die Vergangenheit ins Bewusstsein und erinnerte die Gesichter von Waraala, Mary, dem Mädchen mit den neun Zehen, meinen Töchtern und meinen Freunden. Ich war wie von einem Autopilot fremd gesteuert, doch ich vertraute meiner Intuition und den Traumpfaden, aber schon nach kurzer Zeit wurde ich sehr müde, und spürte, wie der Speichelfluss in meinem Mund versiegte. Ich nahm einen kleinen Kieselstein in den Mund und lutschte daran, um die Speichelbildung anzuregen. Ich wusste aber nicht, wie lange das helfen würde. Das Blau des Himmels färbte sich allmählich dunkler und mein Schatten wurde länger – ich musste bald Wasser finden. Ich blickte nach vorne, um eine Stelle auszumachen, wo der Boden leicht abgesenkt war – so hatte man früher Wasser gefunden. Ich suchte nach einer Mulde im Sand. Wenn ich tief genug graben würde und mit viel Glück, konnte ich dort Wasser finden. In

einiger Entfernung sah ich einen verkümmerten Mulgabusch –
manchmal war das ein Zeichen dafür, dass es dort Wasser gab.
Es kam mir wie viele Stunden vor, bis ich schließlich die kleine
Buschgruppe erreichte, aber ich konnte eine leichte Vertiefung
vor den Büschen sehen, die einen Schatten warf. Ich brach
einen Ast vom nächsten Baum ab und fing an der tiefsten
Stelle zu graben an. Der Schweiß tropfte mir aus allen Poren
und mir war ganz schwindelig vor Erschöpfung. Aber ich gab
nicht auf. Als ich fast schon einen Meter tief gegraben hatte,
bemerkte ich, dass der Sand dunkler und feucht wurde. Ich
quietschte vor Freude, als ich sah, wie sich langsam eine kleine
Pfütze am Grund des Lochs bildete. Das Wasser war
schmutzig und es schmeckte salzig und schal, aber ich nahm
es mit Zunge und Hals gierig in mich auf, damit mein Körper
etwas von seiner Kraft zurück gewann. Ich legte mich unter
den spärlichen Schatten der Mulgabüsche und schloss die
Augen. Als ich erwachte, war ich erschrocken und wusste
zuerst nicht, wo ich war. Um mich herum war es tiefschwarze
Nacht. Kälte und Hunger quälten mich. Mit meinen Händen
schöpfte ich etwas Wasser aus dem Loch und trank ein paar
Schlucke. Ich fühlte mich etwas besser.

    Ich blickte nach unten zu den Wurzeln des
Mulgabusches und erinnerte mich daran, dass Honigameisen
dort manchmal ihre Nester bauen. Ich begann wie von Sinnen
zu graben, seit 24 Stunden hatte ich nichts mehr zu mir
genommen. Schließlich fand ich sie: Dicke, schwarze Ameisen
mit bernsteinfarbenen Hauttaschen am Hinterleib. Ich fand
einen Zweig, drehte eine der Ameisen um, nahm sie zwischen
zwei Finger und biss in den Hautsack, der randvoll mit Honig
gefüllt war. Es schmeckte wundervoll. In meinem ganzen
Leben hatte ich bisher nichts gegessen, was so köstlich
geschmeckt hatte. Die Verdauungssäfte flossen nur so in
meinem Mund und meine Zunge britzelte durch diese

Reizüberflutung. Ich verspeiste ungefähr zehn dieser Honig-Globuli und kam allmählich wieder zu Kräften. Nun stand ich vor dem Problem, wie ich das Wasser mitnehmen konnte. Ich wusste, dass ich weiter ziehen musste und die beste Zeit dafür in der Nacht war, um der auslaugenden Hitze der Sonne zu entgehen. Ich zog mein Hemd aus und weichte es im Wasserloch ein. Als ich wieder hineinschlüpfte, hoffte ich, dass es meine Haut wenigstens in den nächsten Stunden mit etwas Feuchtigkeit versorgen würde. Ich verfiel für ein paar Minuten in leichten Trab, um dann genauso lange im Schritttempo zu gehen. Es war schwierig, die Zeit einzuschätzen, da sie mir auch meine Uhr abgenommen hatten, als ich bewusstlos war. Am Firmament glitzerten die ersten Diamanten. Ich erkannte das Kreuz des Südens und den Sternen nach zu urteilen, ging ich in südöstliche Richtung. Manchmal blieb ich stehen und horchte in mich hinein, um sicher zu sein, dass ich noch in die richtige Richtung lief. Ich wünschte mir, dass Bongo an meiner Seite wäre, um mir beizustehen. Langsam veränderte sich auch die Vegetation, der Sand wurde weniger und mehr Steine bedeckten den Boden. Außerdem bemerkte ich, dass meine Füße höllisch weh taten. Ich wurde wieder hungrig und bekam Durst, und mein Hemd war staubtrocken. Am Horizont dämmerte es, gelboranger Dunst stieg hinter einer scharfkantigen Felsengruppe in der Ferne auf. Mein zweiter Tag in der Wüste brach an und ich musste Schatten finden. Diese Felsgruppe erschien mir hierfür genau der richtige Ort zu sein. Als ich sie schließlich erreichte, war die Sonne aufgegangen und von den Steinen stieg Dampf empor, als der Morgentau verdunstete. Ich beugte mich nach vorne und griff schnurstracks unter den größten Felsen. Ich hoffte, ein Loch zu entdecken, das mich zu *Tiddalik* führen würde. *Tiddalik, der das Wasser brachte.* Er war nicht nur in der Tierwelt als Wasserreservoirfrosch bekannt, sondern auch ein

Totemtier aus der Traumzeit. Waraala hatte uns Kindern immer erzählt, dass diese Frösche unser Leben retten konnten. Wenn es in der Wüste regnete, speicherten sie enorme Wassermengen in und unter ihrer Haut. Dann gruben sie sich im Sand ein und warteten auf den nächsten Regen. Ich hatte Glück. Unter einem großen Stein fand ich ein Loch. Mit meinen bloßen Händen begann ich zu graben, und auch, als sie schon zerkratzt und blutig waren, hörte ich erst auf, als meine Finger seine schleimige, kühle Haut berührten. Ich umschloss den riesigen Frosch mit beiden Händen und hob ihn behutsam aus seinem Loch. Seine Haut hatte eine braunrote Färbung, er hielt die Augen geschlossen und fühlte sich schwer an in meiner Hand. Ich versuchte, mich daran zu erinnern, was Waraala über diese Lebensspender gesagt hatte. Ich hielt ihn über meinen Mund und drückte seinen Körper vorsichtig zusammen. Die äußere Hautschicht seines Körpers barst und das süße, klare Wasser strömte in meinen Mund. Ich ließ den Rest des Wassers über mein Hemd rinnen, rollte es fest zusammen und schob es unter die Felsen, wo es kühl und schattig war. Ich ließ den Frosch zurück in den Sand kriechen und dankte Gott dafür, dass er diesen wunderbaren hässlichen Lebensretter erschaffen hatte. Ich war hungrig und wusste, dass ich Nahrung zu mir nehmen musste, damit ich nicht an Kraft verlor. Tiddalik war ungenießbar und ich machte mich unter den Felsen und Spinifexgräsern auf die Suche nach etwas Essbarem. Außer vertrockneten Käferlarven und Samen fand ich nichts. Plötzlich brach ich in Tränen aus, und ließ all meine Wut und Frustration heraus, die ich bisher unterdrückt hatte. Ich war sogar *mächtig sauer* auf all die Ahnen, Geister und das Mädchen mit den neun Zehen. Wo waren sie nur alle geblieben? Wo waren all die Wunder und magischen Erzählungen aus der Traumzeit, die mich augenblicklich zurück nach Canberra und in Sicherheit bringen würden? Ich weinte und weinte, bis schließlich meine Tränen unter der unbarmherzigen Sonne trockneten, und rollte mich unter dem Schatten der Felsen und Spinifexgräser zu einem Knäuel zusammen, um zu schlafen.

Als ich erwachte, glaubte ich tot zu sein. Ich fühlte mich völlig erschöpft und ausgedörrt. Mein Kopf schien jeden Moment zu zerspringen und ich konnte meine Arme und Beine nicht spüren. Zuallererst zog ich mein Hemd unter dem Felsen hervor, es war immer noch feucht. Ich saugte am Stoff und spürte, wie meine Lebensgeister allmählich zurückkehrten. Es war früh am Abend und ich sah mich aufmerksam um. Hinter einem großen Büschel Spinifexgräser sah ich etwas Grünes durchscheinen. Mir entfuhr ein Seufzer der Erleichterung als ich hinüber ging und erkannte, dass es ein Emustrauch war. Ich pflückte eine Handvoll Blätter und sah die saftigen, gelben Körper von Utnerrengatye, der Emustrauchraupe, die an der Unterseite der säbelförmigen Blätter hingen. Ich verspeiste zehn von ihnen und versuchte mir vorzustellen, dass es Sushi war, aber meine Vorstellungskraft reichte dafür nicht aus, und sie schmeckten ölig und bitter. Aber ich wusste, dass sie viel Eiweiß enthielten und schluckte sie hinunter. Am samtenen, nachtblauen Himmelszelt funkelten schon bald wieder die ersten Sterne. Ich machte mich auf den Weg. Meine Füße und Beine taten weh und meine Hände waren rot und geschwollen, obwohl ich sie mit dem heilsamen Saft des Emustrauches eingerieben hatte. Ich ging weiter und weiter, immer mit der Gewissheit, wann ich gerade aus gehen und wann ich die Richtung ändern musste. Ansonsten hatte ich jeglichen Kontakt zu den Liedern der Ahnen in meinem Inneren verloren. Alles, was ich hörte, war das schlurfende Geräusch meiner Schuhe, als sie meinen Körper schwerfällig über den Wüstenboden trugen. Ich wusste nicht, wie lange ich schon lief, mein Hemd war wieder

staubtrocken, mein Mund ausgedörrt und voller Blasen und ich wollte nichts lieber, als mich hinzusetzen und zu schlafen. Ich verspürte ein beinahe übermächtiges Verlangen, mich meinem Schicksal zu ergeben. Da kamen mir wieder die ersten Worte in den Sinn, die sie zu mir gesprochen hatte:
„Willst du leben oder sterben?"
„Ich will leben" flüsterte ich heiser. „Ich will leben!"
Ich schloss die Augen und ging weiter.
Ich schloss die Augen und lauschte.
Ich schloss die Augen und spürte.
Ich schloss die Augen und lebte.

Jemand hob meinen Körper vom Boden auf. Als ich die Augen öffnete, blickte ich in Baldwas dunkle Augen. „Dein Schmerz wird im Fluss der Zeiten fort an einen Ort gespült werden, wo Erinnerungen nur Fußspuren im Sand an einem friedvollen Strand sind."

Wenn das was du tust
nicht funktioniert
versuche etwas anderes

Kapitel 25.

„Dad, Dad!" riefen sie, als ich die Treppe zu unserem Haus hoch ging. Sarah weinte herzzerreißend und auch Caroline versuchte vergeblich, ihre Tränen zu unterdrücken. Ich nahm sie beide fest in die Arme und ließ sie erst los, als Joan sich beschwerte, dass wenn wir nicht bald die Tür schließen, die blutsaugenden Paparazzi innerhalb von fünf Minuten in unser Haus einfallen würden.
„Es ist gut, wieder zu Hause zu sein!"
„Dad, wir waren so froh, deine Stimme zu hören, als du gestern angerufen hast. Wir dachten ... wir haben geglaubt, dass wir dich nie wieder sehen würden."
„Joan hat uns ganz verrückt gemacht, weil sie alle fünf Minuten Tarotkarten gelegt hat und jedes Mal Zeter und Mordio geschrien hat, wenn sie *den Gehängten* gezogen hat. Onkel Brian und Tante Consuela waren gestern auch hier. Ich glaube, Onkel Brian hat sogar geweint, als du angerufen hast, aber wahrscheinlich wird er das nicht zugeben und nur so was

wie 'Echte Männer weinen nicht' sagen."

Ich schwelgte in ihrer Freude und in der Intensität ihrer Gefühle. Ich war so erleichtert, ihre strahlenden Augen zu sehen und ihre engelsgleichen Stimmen zu hören. Es klingelte und als Joan wie ein Schulmädchen kicherte, wusste ich, dass es nur Brian sein konnte. Ich blickte hoch. Aber es war nicht nur Brian, sondern auch John, Peter und Geoff waren gekommen. Geoff trug einen Kasten Fosters unter dem Arm und Brian hatte ein Lächeln im Gesicht, das wie eine strahlende Sonne inmitten eines Hurrikans war.

„Hey, du Mistkerl! Verirrst dich einfach in der Wüste, oder was?" dröhnte Peter und legte den Arm um mich.

„Ich wusste die ganze Zeit über, dass du es schaffen würdest!" strahlte John.

„Ja, er hat sogar mit seinen Beratern gewettet und ein kleines Vermögen gemacht."

„Du mit deiner großen Klappe, Geoff, aber wenn ich mich recht entsinne, hast du doch auch zehn Dollar in deine Geldbörse gesteckt, als dir Ray MacNamara heute morgen auf dem Parkplatz einen Schein in die Hand gedrückt hat."

Brian brach mir beinahe sämtliche Rippen, so fest umarmte er mich. Dann knuffte er mich in den Arm: „Gut, dich wiederzusehen, Kumpel! Die letzten Tage habe ich ganz schön Muffensausen gehabt"

John drängte sich zwischen uns und drückte mir einen schlabbrigen Kuss auf die Wange. Er sagte kein Wort, was äußerst ungewöhnlich für ihn war. Sie setzten sich alle um den Tisch und öffneten die Bierflaschen, während Joan sich beeilte, Gläser zu bringen, die aber von allen ignoriert wurden. Sarah und Caroline entschuldigten sich, und eilten nach oben in ihre Zimmer.

Brian wandte sich zu mir. „Hat dir John schon gesagt, dass wir die Schurken gefasst haben?"

„Der Aborigine, der dich gefunden hat, sein Name war Baldy oder so ähnlich, hat zwei Ranger auf die richtige Spur gebracht, die zu dem Unterschlupf geführt hat, wo sie dich festgehalten haben. Vor sechs Stunden wurde eine Razzia durchgeführt und alles mögliche an rechter Propaganda, Waffen und Munition gefunden. Und fünf Männer, die bis an ihr Lebensende nicht mehr aus dem Gefängnis raus kommen werden, bis sie den Löffel abgeben." Wir alle brachen in Jubel aus und ich erzählte meinen besten Freunden, wie ich diese drei Tage in der Wüste überlebt hatte. Ab und zu unterbrach mich Brian, der einige Witze riss über Buschfraß und Frösche, die einem die Zehen abbeissen konnten und auch sonst nichts unversucht ließ, um seine Gefühle zu verbergen. John berichtete, dass laut Statistik die Überlebensdauer in diesem Abschnitt der Wüste zwischen sechs und zwölf Stunden betrug. Ich wusste, dass ich großes Glück gehabt hatte, aber ich wusste auch, dass wenn ich vor vielen Jahren nicht die Geschichten aus der Traumzeit gehört und das Mädchen mit den neun Zehen getroffen hätte, ich mit Sicherheit dort draußen unter der erbarmungslosen Sonne elendiglich zugrunde gegangen wäre. Bald schon fühlte ich mich wirklich sehr erschöpft, obwohl mir die *Flying Doctors* eine Infusion gegeben hatten und auch ein Mittel gegen die Schmerzen in meinen Händen und Füßen. Ich wusste, dass ich wohl ein paar Tage brauchen würde, bis ich wieder bei Kräften war. Ich brachte meine Freunde an die Tür und sah ihnen zu, wie sie zu ihren Autos gingen. Dann schlenderte ich zurück ins Haus. Joan wartete in der Küche mit frischen Lamingtonstücken auf mich. Sarah und Caroline waren auch schon da und hatten den Mund voller Kokosnuss und Schokolade. Caroline schluckte ihren Kuchen hinunter, baute sich vor mir auf und schlug mir fest ins Gesicht. „Ich will, dass du mir auf der Stelle versprichst, dass du nie, niemals wieder irgendwohin gehst ohne deine Bodyguards. Schwöre es bei deinem Leben, und zwar sofort!'

Meine Wange brannte und mir trat *Froschwasser* in die Augen. Auch Carolines Augen waren feucht und ihre Lippen zitterten. Sarah stand hinter ihr. Sie hatte die Hände in die Hüften gestemmt und sah mich genauso an wie Mary es immer getan hatte, wenn sie wütend auf mich war. „Ich schwöre euch, dass ich niemals mehr in meinem Leben irgendwo ohne meine Bodyguards hingehen werde. Aber nur, wenn ihr mir versprecht, niemals ohne Kondom mit einem Jungen zu schlafen." Beide kreischten empört auf und fielen mir in die Arme. Dann brachen wir alle drei in Tränen aus und Joan setzte einen Kessel Wasser auf, um frischen Tee zu machen.

Das Herz fühlt
Der Verstand denkt
Und der Körper folgt nach

26. Kapitel

Ich hörte Bongos Gebell und konnte den Rauch riechen, noch bevor ich das Lagerfeuer sah, um das sich alle versammelt hatten. Wootarra rannte auf mich zu und umfing meine Beine stürmisch mit seinen Armen und Bongo knabberte verspielt an meinen Knöcheln. Ich ging in den Kreis und sie waren alle da: Waraala, Baldwa und der Gefiederte und viele vertraute Gesichter mehr, die ich letztes Mal schon gesehen hatte. Ich ließ mich am Feuer nieder und die alte Feuerfrau kam zu mir und gab mir einen Becher mit Buschkaffee. Sie schenkte mir ein zahnloses Lächeln.

Der Gefiederte blickte zu mir: „*Turawwa*, heute sitzt du zum letzten Mal in diesem Kreis. Wir haben dich durch Herausforderungen geführt, die dein Leben verändern werden. Du hast nun gelernt, dir selbst zu vertrauen und an deine Intuition zu glauben. Du hast gelernt, das wahre Wesen von anderen Menschen zu erkennen, wer mit dir und wer gegen dich ist. Du hast gelernt, was Liebe bedeutet. Du hast gelernt, den Speer der Klarheit zu werfen, der dich lehrt, mit deinem

Herzen zu sprechen. Du hast etwas über die stärkste Form der Liebe gelernt, die es zwischen Menschen gibt, nämlich Freundschaft. Du hast deinen Mut von einst wiedergefunden. Jetzt weißt du, wie du deine Visionen in die Wirklichkeit umsetzen kannst.

In der Vergangenheit warst du zwischen Mauern aus Selbstmitleid und Leidensdrang eingeschlossen. Deine Ohren waren taub den Worten deiner Liebsten gegenüber und dein Geist hatte sich dem Mond zugewandt, anstatt dem hellen Licht der Sonne. Wir haben Dir nicht geholfen, als du durch die Wüste der Feuerschlange gewandert bist, weil wir wussten, das du durch eigene Weisheit und eigenes Wissen überleben musst – ganz auf dich gestellt. Nun, da du begonnen hast, den Weg von *Turawwa, der mit dem Herzen führt,* zu gehen, wirst du niemals mehr stillstehen und wenn du nach vorne gehst, werden sich auch die Traumpfade verändern, ebenso wie du dich verändert hast. Der wahre Krieger kennt nichts außer Liebe und Leidenschaft und diese beiden Gebrüder werden von nun an deine stetigen Begleiter sein und dich niemals mehr verlassen. Das letzte, was ich dich lehren werde, spiegelt sich in meinem Gewand wieder. Ich bin der Gefiederte, und eine Feder ist so leicht, dass sie fliegen kann. Aber auch wenn sie in den Winden der Vergangenheit fliegt, so wird sie immer wieder zur Erde zurückkehren, die nur im Hier und Jetzt existiert. Die Feder wird dich von deinen Schuldgefühlen heilen, damit du dich an einem Leben voller Leichtigkeit erfreuen und in aller Unschuld fliegen kannst."

Die Falten um seine Augen vertieften sich, als er mir ein schiefes Lächeln zuwarf. Dann trat er vor mich und nahm meine Hände in die Seinen, die knochig, trocken und so rau wie Schmirgelpapier waren. Es war nicht der geringste Laut zu hören, als sich der Gefiederte allmählich in Rauch auflöste. Als ich zu den anderen Aborigines hinblickte, winkten sie mir zum

Abschied zu. Der Rauch der Feuers zog über den ganzen Platz und einer nach dem anderen meiner Freunden kehrte in die Traumwelt zurück. Ich setzte mich auf den Boden, und öffnete meine rechte Hand. Die weiße Feder flatterte sanft im Wind. Ich schloss meine Augen und ging in mich. Ihre Stimme rief nach mir.

„John, mein Liebster, bist du *jetzt* bereit, mir zuzuhören?" Als ich die Augen öffnete, sah ich etwas in den Flammen des Feuers, das wie ihr Gesicht aussah.

„Es ist uns gestattet, miteinander zu sprechen, aber nur dieses eine Mal, Liebling. Die Zeit der Vergebung ist gekommen. Ein Teil meiner Seele fühlt immer noch den Schmerz, den mir deine Worte zugefügt haben, aber ich weiß auch, dass du all die Jahre über den Preis dafür gezahlt hast. Mein Herz lebt in der Brust von unseren Töchtern weiter und in deiner Erinnerung. Behalte mich als den Menschen in Erinnerung, der dich mehr als alles andere auf der Welt geliebt hat. Das Leben geht weiter. Wisse, dass sich hinter jeder Tragödie eine Botschaft verbirgt. Meine Botschaft an dich ist die Wirklichkeit, dass in Liebe geben auch in Liebe nehmen bedeutet und wenn zwei unabhängige Herzen offen füreinander sind, dann wird diese Liebe ewig dauern. Wenn sie nicht offen füreinander sind, wird diese Liebe sterben. Höre auf das Mädchen mit den neun Zehen!" Das Feuer erlosch und ich war wieder allein, erfüllt von Marys Stimme und ihre Worte zerfielen zu Asche.

Steh auf, steh auf
Und wende dein Gesicht der
Sonne zu
Wach auf, wach auf
Und öffne deine Augen für die
Wahrheit
Erkenne, dass du diese
Wahrheit bist

27. Kapitel

Ich ging hinüber zur Kommode und öffnete die oberste Schublade. Die Feder war verschwunden. Von meinem Schlafzimmer aus ging ich durch den Korridor an der Küche vorbei, wo ich frischen Kaffee und den Lamington von gestern roch und trat aus der Verandatür. Als ich das Gras betrat, zog ich die Schuhe aus und ging zum Wasser hinunter. Ich brauchte Zeit, um über alles nachzudenken und mich wieder zu sortieren. In meinem Körper klang der intensive Traum von letzter Nacht immer noch nach. Als ich meine Hände betrachtete, bemerkte ich plötzlich, dass all die Blasen und offenen Wunden verschwunden waren. Vermutlich das Werk von alten, trockenen, knochigen Schmirgelpapierhänden. Tief in mir hatte ich das Gefühl, dass ich meine Freunde aus der Traumzeit nie wieder sehen würde. Freunde, die mein Leben verändert hatten und die mich zu dem zurückgeführt hatten, der ich wirklich bin. Gesichter. Lächeln. Stimmen. Gerüche. Worte und Visionen, die mir meinen Weg zeigten. Flüstern in der Nacht der Vergangenheit. Schmetterlingsflügel, die sanft meine Seele berührten. Der Rauch der Erkenntnis im Wind der Realität. Erfüllte meine Segel mit Hoffnung, Vertrauen und Freude.

Aber das größte, leidenschaftlichste Geschenk von allen bleibt: Liebe ohne Schuld, Liebe ohne Angst, Liebe ohne Zorn. Ich werde euch niemals vergessen.

*Wenn
du ein Ziel erreicht hast
suche dir ein Neues*

28. Kapitel

Zwölf Monate später:

Als ich mein Büro betrat, fühlte ich mich so leicht und stark wie noch nie zuvor in meinem Leben. Die Farben und Lichtkontraste waren so intensiv und scharf, dass ich das Gefühl hatte, in einer neuen Welt zu leben.

Mrs Simmons erinnerte mich an eine leicht übergewichtige Greta Garbo, als sie mich ansah. Sie schenkte mir ihr schönstes Lächeln und zwitscherte ausgelassen: „Guten Morgen, Herr Premierminister!"

Ich öffnete die Tür zu meinem Arbeitszimmer, wo ich meine vier Freunde und einen Überraschungsgast vorfand, nämlich Mr. Norton in Begleitung seines persönlichen Assistenten, Stephen Fortescue. Alle saßen vor meinem Schreibtisch, standen auf, als ich hereinkam und klatschten begeistert Beifall. Ich quetschte mich an ihnen vorbei zu meinem Platz hin und ließ mich in den Sessel fallen. Mir war das alles ein bisschen peinlich.

Brian machte den Anfang: „John, ich bin stolz und gerührt, dir die Resultate und gesteckten Ziele zu präsentieren, die von unserer Regierung auch erreicht wurden, seitdem du persönlich den Reformprozess initiiert hast. Aufgrund eines wachsenden Bewusstseins bei den australischen Bürgern, was ihre Eigenverantwortung angeht, konnten unsere Schulden auf dem Wirtschaftssektor um 35 Prozent abgebaut werden. Über 52 Prozent der Bevölkerung sind selbständig, davon 55 Prozent Frauen. Die Arbeitslosenquote ist auf 3.2 Prozent gesunken und ist weiterhin am Abnehmen. Über 90 Prozent aller australischen Produkte werden in unserem eigenen Land erzeugt, anstatt billige Arbeitskräfte in ärmeren Ländern auszubeuten. Die Leute in unserem Land lernen langsam, aber sicher, was es bedeutet, ein Bewusstsein für Wohlstand zu entwickeln. Manche Leute organisieren sogar Demonstrationen, wo Kreditkarten verbrannt werden, um zu zeigen, dass sie sich nicht länger von ihren Schulden und der Angst, nicht genug Geld zu haben, erdrücken lassen wollen. Fast jeder bezahlt mit Bargeld, wenn er etwas kauft, und die Kreditkarten-Institute sind in „Der Weg zum Wohlstand"-Zentren umgewandelt worden, die den Leuten beibringen, ihre Finanzen selbst zu verdienen und zu verwalten. Meine Herren, dieses Land hat sich von einem Land am Rande der finanziellen Verarmung zu einem Land des Wohlstands hin entwickelt, wo fast jeder glaubt, dass er mehr als genug, anstatt nie genug hat."

Ich rutschte unbehaglich in meinem Sessel hin und her und nahm den Ordner in Empfang, den Brian mir auf der anderen Seite des Tisches präsentierte. Wir schüttelten uns die Hände und ich konnte fast in seinen Gedanken lesen, wie er nach einem angemessenem Witz suchte, aber dieses Mal sagte er nichts und seine Augen strahlten.

„Vielen Dank, Brian. John, wie sieht's denn bei dir aus?"

„Unsere Reformen für die Außenpolitik sind in vollem

Gange, John. Die Anzahl der Partnerschaften durch Eine-Welt-Projekte hat sich verdoppelt. Aufgrund unseres „*Mit deinen eigenen Händen*"-Programms, in dem wir Menschen in ärmeren Ländern darin unterstützen, ihre eigenen Wasserressourcen anzulegen und zu klären, ihr Land zu bestellen und sich in landwirtschaftlichen Fair-Handels-Genossenschaften zu organisieren, hat sich der Lebensstandard dort enorm verbessert. Zusammen mit den Veranwortlichen vor Ort haben wir das Netz der *Flying Doctors* ausgebaut, das jetzt die medizinische Versorgung auch in abgelegenen Gebieten ermöglicht. Die Ärzteteams können dort Malaria, Lepra und Aids behandeln. Außerdem haben wir Teams ausgebildet, um als Barefoot-Ärzte in allen Gegenden, wo Armut und Hungersnot herrschen, zu praktizieren. Es gibt noch viel zu tun, aber wir haben schon einiges gewonnen. Auch unsere Beziehungen zu den Ländern im Mittleren Osten haben wir intensiviert, vor allem seit du das Integrationsprogramm für australische Moslems eingeführt hast. Wir arbeiten Hand in Hand mit Europa und Amerika an internationalen Richtlinien, um die Erde vor der globalen Umweltverschmutzung zu schützen und zu heilen. Alles in allem würde ich sagen, dass wir viele neue Freunde gewonnen haben." Er lächelte mich an und zwinkerte mir zu, als er mir seinen Ordner mit den Kaffeeflecken in die Hand drückte.

„OK, Peter, und bei dir?"

„Du kennst mich John, ich bin kein Mann der großen Worte, deshalb will ich's mal kurz machen und auf den Punkt kommen. Die industrielle Produktion hat um dreißig Prozent zugenommen. Zugleich wurde durch die vermehrte Nutzung von alternativen Energien die Emissionsrate um 40 Prozent gesenkt. Dein Programm für ökologisch-bewussten Tourismus, der Menschen aus anderen Ländern die Möglichkeit eröffnet, das australische Outback, den

Regenwald in Queensland und andere Naturschutzgebiete, die im Einklang mit der Natur existieren, lebensnah zu erfahren und ihr ökologisches Bewusstsein zu vergrößern, boomt. Wir haben neue Erdgasquellen in Südaustralien und Tasmanien erschlossen. Daraus hat sich ergeben, dass unser Bedarf an fossilen Brennstoffen um 30 Prozent gesunken ist. Den Rest kannst du hier nachlesen."

Er reichte mir einen dicken Ordner, der so schwer war, dass ich mit beiden Händen zugreifen musste.

„Danke, John." Als Nächster war Geoff an der Reihe.

„Also John, im Erziehungs-und Bildungsbereich hat sich in den letzten zwölf Monaten eine Menge verändert. Auch wir haben endlich begriffen, dass unsere Kinder keine Schafe, sondern Menschen sind. Dank der '*Kinder sind nicht nur Backsteine in einer Mauer*' – Initiativen bauen wir jetzt Schulen ohne Wände. Es sind Orte, wo Kinder und Jugendliche in einer Atmosphäre, die sie unterstützt und fördert, lernen können, anstatt, dass sie Druck und Ängsten ausgesetzt sind. Seit du das ‚*Lehrer, unterrichte dich selbst*' -Programm entwickelt hast, wo Lehrern gezeigt wird, wie sie ihr eigenes, unbewusstes Glaubenssystem verstehen und Klarheit für ihr eigenes Leben entwickeln können, vor allem, was ihr Kommunikationsverhalten betrifft, sind unsere Schulen und Universitäten zu blühenden Gärten des Wissens geworden. Aggression und Drogenmissbrauch haben um 65 Prozent abgenommen. Kinder fühlen sich jetzt sicher und beschützt, wenn sie zur Schule gehen. Unsere Reformen im Wissenschafts-und Forschungsbereich haben durchschlagende Erfolge erzielt und dank der neuen Forschungszentren, die jedem offen stehen, der eine gute Idee vorlegen kann, unzählige neue Entwicklungen in allen Bereichen hervorgebracht. Bleibt mir nur zu sagen: Verdammt genial das Ganze!" Er gab mir seinen Ordner und kniff mir spielerisch ins Kinn.

Dann erhob sich James Norton.

„Sir, ich zähle mich nicht zu Ihren persönlichen Freunden – auf jeden Fall noch nicht. Aber ich möchte diese Gelegenheit nutzen, Ihnen persönlich dafür zu danken, was Sie in den letzten zwölf Monaten alles geleistet haben. Australien hat einen radikal neuen Kurs eingeschlagen. Ich möchte Ihnen dazu gratulieren, was Sie getan haben, um die Rechte und Lebensqualität der Menschen in diesen Land zu verbessern, vor allem, was die Aborigines anbelangt. Ich muss zugeben, dass ich Ihren Veränderungsvorschlägen und auch Ihrer persönlichen Veränderung gegenüber sehr skeptisch war. Ich hatte sogar in Betracht gezogen, dass Sie bewusstseinsverändernde Drogen wie Marihuana missbrauchen oder ein Mitglied von Scientology geworden sind. Ich habe sogar vage Gerüchte gehört, dass Sie eine neue Freundin haben, die in der Nähe des Murrumbidgee-Flusses lebt. Wie dem auch sei, um eine lange Geschichte kurz zu machen: Mr. Macmilan, ich habe Ihnen Unrecht getan! Und ich stehe von nun an hundertprozentig hinter Ihrer neuen Reformpolitik. Ich danke Ihnen von ganzem Herzen, persönlich und im Namen aller Menschen, die in diesem Land leben.

Jeder klatschte Beifall und es gab viel anerkennendes Schulterklopfen. Ich konnte sogar sehen, wie Brian, James Norton umarmte. Ich war zutiefst bewegt und wollte mich am liebsten durch die Hintertür davonschleichen. Als ich sah, wie diese mächtigen und emotionalen Männer miteinander sprachen, musste ich unwillkürlich an die Vergangenheit denken und daran, wie ich zum letzten Mal dem Mädchen mit den neun Zehen begegnet bin.

Sei kein Schaf
Sei der Hirte

29. Kapitel

Ich ging langsam am Uferkamm entlang, Rick und sein Kollege folgten mir dicht auf den Fersen. Ich hatte ihnen mein Vorhaben mitgeteilt, und obwohl sie misstrauisch waren, erklärten sie sich bereit, auf dem Laufpfad zu warten. Ich fand die Stelle und glitt in die Schlucht hinab. Es war wieder völlig still und ich spürte die Intensität, die in der Luft lag, als ich mich dem Fluss näherte. Baldwa war nicht da, um mich in Empfang zu nehmen, aber ich war nicht sonderlich überrascht. Als ich ans Ufer trat, das ins Licht der Sonne getaucht war, sah ich sie. Sie saß auf dem selben Stein, mit dem selben Lächeln auf den Lippen, mit derselben Aura von Unschuld und Weisheit.

„Oh, *Turawwa*, da bist du ja. Komm, setze dich zu mir. Sieh den Fluss und all seine vielen Strömungen, die hierhin und dorthin fließen. Ganz so, wie dein Leben eine neue Richtung nimmt, gegen den Strom und immer in Bewegung.

Verändere deine Gedankenwelt und verändere dein Leben, so wie du es getan hast, auf der Suche nach deinem Herzen, um wieder führen zu können. Du weißt, du hast nichts Neues erfahren. Auch hast du keine neue Weisheit entdeckt. Dein Weg war der Weg, den jeder Mensch auf diesem Planeten jeden Tag geht. Viele sind von diesem Weg abgekommen. Andere wiederum versuchen immer noch, ihn zu finden und wieder andere werden ihn niemals finden. Aber alle Menschen, die diesen Weg gehen, werden die Welt verändern, manchmal im Großen und manchmal im Kleinen. Ich werde dich schon bald verlassen und du wirst mir in diesem Leben nicht mehr begegnen. Aber bevor wir uns trennen, werde ich dir noch einige andere Traumpfade mitgeben, damit du über ihnen meditieren kannst. Angst ist nur ein Wort und kein Gefühl. Angst ist nur ein Hirngespinst und nicht deine Wirklichkeit. Was auch immer in deiner Zukunft geschehen mag, blicke hinter die Angst und du wirst dort Freiheit finden. Glaube an dich und wisse um deine innere Schönheit. Du bist ein Wunder-voller strahlender Stern am Firmament des Lebens. Lass dein Licht erstrahlen und erlaube den Schatten, sich aufzulösen. Liebe deinen Nächsten wie dich selbst, aber sei vor der Dunkelheit und Verwirrung in seinem negativen Glaubenssystem auf der Hut, denn das ist nicht sein wahres Selbst. Es ist nur eine Anhäufung von Schmerz und Unsicherheit, die er in den Wassern der Vergangenheit erfahren hat, die unter der Brücke der Erkenntnis fließen, welche die Vergangenheit mit der Gegenwart verbindet. Wir können aus unseren Fehlern der Vergangenheit lernen, aber nur, wenn wir den Mut aufbringen, unsere Augen und unsere Herzen zu öffnen. Jetzt besitzt du Kraft und Stärke, *Turawwa*, und du *bist* jetzt wahrhaftig *Der mit dem Herzen führt*. Aber die Zeit der Lehre und Herausforderungen ist noch nicht vorüber. Sie wird erst dann vorbei sein, wenn du hinüber in die

Traumzeit gehst. Es wird Zeiten geben, wenn du ganz allein und dir nicht sicher bist, welche Richtung du einschlagen sollst. Dann musst du dich auf deine Visionen, Intuition und Körpersignale verlassen. Trotzdem wirst du Fehler machen. Aber diese Fehler sind die goldenen Gelegenheiten, um den Pfad des Lebens weiser als bis jetzt zu beschreiten. Wir wissen, dass alle Schwestern und Brüder vereint sind und dass nur Neid und Furcht zwischen Krieg und Frieden auf der Welt stehen. Du wirst in deinem Leben eine Erde sehen, die frei von Massenvernichtung und rassistischen Vorurteilen ist. Einen Planeten, der von der globalen Verschmutzung und dem Aussterben der Tiere geheilt sein wird. Wir, die aus der Traumzeit kommen, werden an der Seite von allen stehen, die auf dieser Welt bereit sind, die Verantwortung zu tragen, und sie lehren, *mit dem Herzen zu führen.*"

Über dem Fluss stieg Nebel auf, der ihren kleinen dunklen Körper umhüllte und das Mädchen mit den neun Zehen verschwand für immer aus meinem Leben.

„John, John, hast du mich gehört? Wir wollen alle raus in den Park gehen, um den Sonnenuntergang an diesem wundervollen Tag zu erleben. Komm schon Kumpel, los geht's!"

Die fünf Männer verließen das Parlamentsgebäude und stiegen hinauf auf den Hügel, der über dem See lag. Dort standen sie nun, blickten in Richtung der untergehenden Sonne, diesem rotorangen Feuerball, der sie und den Himmel mit kraftvollem Licht erfüllte und mit **Hoffnung**.

Bis auf den Grund
deiner Seele
und noch viel tiefer

Artikel in der Canberra Times 22. Januar 2015
Unser Premierminister hat es wieder geschafft!

Neue Gesetzesänderungen für die Rechte unserer indigenen Bevölkerung wurden verabschiedet. Mit Wirkung des heutigen Tages wird jeder Aborigine genau die gleichen Rechte haben, wie sein weißer Bruder. Jeder, der diese Gesetze verletzt, muss mit Strafverfolgung rechnen. Alles Land, das mit dem spirituellen Glauben der Aborigines verbunden ist, gehört ab jetzt den Ureinwohnern und sie alleine haben die Entscheidungsbefugnis, was damit geschehen soll. Das Integrationsprogramm für weiße und schwarze Australier liefert interessante Ergebnisse. Es beinhaltet, dass kein Aborigine jemals dazu gezwungen wird, in einem Haus oder in einer Stadt zu leben, wenn er dies nicht möchte. Gebiete außerhalb von Großstädten wurden an die Aborigines zurückgegeben. Dort können sie in ihrer natürlichen Umgebung leben, aber haben zugleich auch eine Anbindung an die Stadt. Diese Bezirke sind selbstverwaltet. Zugleich wird es in Zukunft außerdem ein fester Bestandteil des australischen Bildungs-und Erziehungsplans sein, dass jedes Kind in Australien drei Monate mit den Aborigines leben wird, um somit ihre Kultur, die Legenden aus der Traumzeit und ihre natürlichen Heilmethoden kennenzulernen. Das ist nur ein Bruchteil der unglaublichen Veränderung, die unserem Land in jüngster Vergangenheit enormen Auftrieb verliehen hat. Australien ist stolz auf seinen Sohn, Mr. John MacMilan der den Stammesnamen *Turawwa* trägt und dessen Haut so schwarz ist wie die dunkelste Nacht.
Walter Krikowa upi

Der Anfang

Danksagung

Zuallererst möchte ich die *First Nation* von Australien um Verzeihung bitten, für die zum Teil imaginäre Verwendung ihrer Sprache und meine dichterische Freiheit im Umgang mit den Legenden aus der Traumzeit. Ich bedanke mich für die tief greifenden Erfahrungen, die ich in meiner Jugend mit einigen von ihnen im Busch und über die Jahre hinweg leben durfte. Sie haben mein Leben geprägt und erfüllen mich mit Dankbarkeit.

Ich bitte die australische Regierung um ihr Verständnis. Die Namen der Minister, die Arbeitsweise des Parlaments und die Lebensweise des Premierministers sind Produkte meiner Fantasie.

Mein Dank geht auch an Sandra Meder für ihre Übersetzung. Ich weiß, es ist nicht leicht, das zu übersetzen, was ich schreibe und meine Botschaft treffend zu vermitteln. She did it!.

Ich möchte außerdem meinen Schwiegereltern Ute und Emil dafür danken, dass sie meine wunderbare Familie sind.

Und ich danke meiner Gefährtin Cordula, für ihre Unterstützung bei der Entstehung dieses Buches, für ihre Inspiration und unendliche Liebe.

Danke an alle guten Geister, grüßt Max von uns.

„Ray" Raymond Richard Wilkins, Fellow of the Royal Society of Arts, wuchs in Australien mit der Freundschaft und Kultur der Aborigines auf. Er hat in England, der Schweiz, auf Kreta, in Indien, Österreich und Deutschland gelebt und gearbeitet. Zur Zeit lebt er auf einem Landgut in Belgien, nahe der deutschen Grenze, zusammen mit seiner Gefährtin Cordula und Schafen, Ziegen, Gänsen, Hühnern, Katzen und Hunden. Er arbeitet seit über dreißig Jahren als professioneller Coach, Trainer, Heilpraktiker, Künstler, Songwriter und praktiziert Naturmedizin.

Zusammen mit Cordula Ehms leitet er die *Barefoot School*, ein internationales College für Coaching, Training, Kunst und komplementäre Medizin. *Das Mädchen mit den neun Zehen* ist sein erster Roman.

Seine Websites
www.TheBarefootSchool.com
www.song-rays.com

The Barefoot School

International College for Coaching, Training, Art and Complementary Medicine BCMA

NLP-Ausbildungen DVNLP/IANLP alle Stufen

Coach-Ausbildungen alle Stufen

Health-Coach© Ausbildungen

Naturheilpraxis

Vorträge und Weiterbildungen

Basic Trainings

In-house Coaching und Training

Coaching und Psychotherapie

Seminare zur Persönlichkeitsentwicklung

Specials

CONTACT
The Barefoot School
International College for Coaching, Training, Art and
Complementary Medicine
Cordula Ehms und Ray Wilkins
Belgien – 4791 Burg Reuland
Alte Schule Weisten
College@TheBarefootSchool.com
www.TheBarefootSchool.com

Folge Deinem Herzen

www.ingramcontent.com/pod-product-compliance
Lightning Source LLC
LaVergne TN
LVHW021823060526
838201LV00058B/3491